しもべと犬

玄上八絹

JN264390

幻冬舎ルチル文庫

CONTENTS ✦目次✦

しもべと犬

✦カバーデザイン＝齊藤陽子（CoCo.Design）
✦ブックデザイン＝まるか工房

イラスト・竹美家らら✦

しもべと犬

フローリングの床に落ちた、明るい色の髪から滑る雫《しずく》を見下ろし、いけない、と、ぼんやりと信乃《しの》は思う。

続けて、この部屋の掃除は自分の役割なのだからいいか、とも。

一つ息をつき、ゆるい仕草でパジャマの肩に掛けたタオルで毛先だけ、少し癖毛の髪を拭《ふ》きなおした。

仮にも刑事と名乗るからには相応《ふさわ》しくなく伸びすぎた気もするが、同じ部署にアフロヘアがいるのだから、無精にならない程度の明るい色の前髪が、目許《もと》に掛かるのはまだ十分許容範囲だ。

ガタイのいい髭《ひげ》の男が、スーツの上からフリルのエプロンを掛けていても誰も何も言わない、部屋に三ヶ月分の競馬新聞が積み上げられていても誰も片づけない。

その鹿爪《しかつめ》らしい肩書きと裏腹に、自由と退廃に満ち溢《あふ》れた職場だった。

キッチンの棚にあるケースから、シートの錠剤を二種類、二つずつ取りだして飲んだ。残り五回分になったのに少しほっとする。

グラスを洗い、綺麗《きれい》に片づいたシンクの上に、オレガノの葉の欠片《かけら》が落ちているのを摘《つま》んで捨てる。

香辛料のにおいにときどき酔うから、朝は控えようと思う。においに酔ったときは、本当に仕事にならない。

食事を作るのは、この部屋の持ち主の智重《ともえ》という男だが、片づけは自分の役割だ。掃除と洗濯。資料の整理。アイロンだけは智重がかける。智重のパソコンはノート、自分はデータベースを受け取るために基本スペックだけ異様に大きなデスクトップを使っている。

灯《あか》りを消して寝室に向かうと、バスを終えた智重は、すでに報告書をしまってベッドに入っていた。ようやく一つ、自分たちの役目が終わった事件を捜査一課殺人係に引き継いで帰ってきたところだった。

ベッドは、自分がここに来たときからダブルで、買い直すかと訊《き》かれたが、智重がいいなら、と、答えてそのままになっている。

今日、引き上げた現場は普通の惨殺現場だった。

めった刺しの上、室内で死体を灯油で焼こうとしての小火《ボヤ》だ。焼けたタンパク質と化繊、揮発する灯油の臭《にお》いが充満して息が苦しかった。それに溶ける血臭、細胞液のにおい。どれだけ腐乱していようが、内臓や血糊《ちのり》がそこら中に飛び散っていようが、部屋が散らかっているだけかのように振る舞う智重だが、焼死体には強く反応する。

理由は、ある程度は聞いているが、それ以上立ち入っていいかどうか、自分には判断できないから信乃は訊いていない。

自分がここに来る前。智重が前の部署にいる頃の話だと聞いた。

智重の、前の部署《四係》での最後の仕事で出た殉職者が、焼死だということらしい。智重はその事件が切っ掛けで前の部署を出て、こんなところに流れてきて、自分を与えられた。

捜査一課特殊犯係の捜査員は、ただでさえ露出が許されない。顔が知れ渡るようなことがあれば、明らかに犯人から警戒されるからだ。

そして、こんな部署に遣《や》られたからには、二度と陽《ひ》の当たる場所に出ることはできないと、言い渡されたも同然だった。

それは、出るなと言う命令であり、警告であると、愚かではないあの部屋の住人たちは悟っている。

その中でも、自分を与えられた智重は、とびきりの首輪つきだと言うほかにない。

――《犬》を与えられた、警察の犬。

そんな智重に自分がしてやれることといえば。

「……」

智重は、下半身に薄い毛布を掛け、背中を向けて眠っていた。

締まった背筋にある引《ひ》き攣《つ》れた傷跡が、素肌の上に見えている。

右脇腹《わきばら》を中心に腰に掛かるほど。

火花のような、白い傷跡が大きく散っている。

戸惑《とまど》いながら、ベッドまでゆっくりと、信乃は歩いた。

他にもっと、何か、暖かく、優しい何かを差し出したくとも、自分の中には、何も見あたらない。

智重が欲しがってくれそうなものは、この身体《からだ》の中には、何も入っていない。

「…………智重」

身じろぎに、やはりまだ眠れていないのだと思いながら、声をかけた。

――――《人間社会》に於《お》いての《犬》――――主に《労働犬》とされるもののあり方。

《研究所》で散々、教育されてきたことだ。

飼い主に従順に。飼い主の喜びを自分の喜びとして。

そんなことは当たり前にできた。それだけを祈るよう、造り出された自分たちだ。

ただ、方法がよく、わからないだけで。

それを望まれていないだけで。

差し出す何もかもを、拒まれているだけで。

「疲れてなければ、セックスを、しませんか」

もう少し、いい、言い回しを考えなければならないと思うが、多分、智重は色気や暖かさなど必要としていない。

気分が乗った日には、いやらしいことをたくさんされるが、自分から多分、それを望んではならない。

「……まだ傷がある」

暗いベッドでこちらに背を向けたまま、智重は掠《かす》れた声で低く呟《つぶや》いた。

覚えていてくれたのかと、少し意外に思う。よく面倒はみてくれるが、自分などに関心はないのだと、思っていた。

彼は道具としてしか自分を必要とせず、飼い主以上のことはしない。自分は本庁からの貸《たい》与《よ》品で、餓《う》えさせず、体調を整え、上手《うま》く自分を捜査に使って、身柄を管理するのが智重の役目で、彼自身、家族も同居人も必要としていないのはひしひしと伝わった。自分がここに暮らすのも、智重にとってはあくまで任務の一環でしかない。

「縫ってもらいましたし、化膿《かのう》止めも飲みました。少し疼《うず》くので、俺も気休めになります」

淡々と、信乃は報告をした。

先週、鎖骨の真下に一文字、ナイフで傷を入れられた。腕も浅く刺されたが、どこも筋は切れず、事なきを得た。

仕事の相手の情人と上手く間違えられて、犯人に斬《き》りつけられた、世間的に名誉だか不名誉だかわからない傷だったが、自分には名誉だった。この、身体いっぱいに重なって走る傷には、今のところ不名誉はない、はずだ。

「傷のある身体は、嫌ですか」

そう言うなら、自分を抱けるときなどないと、信乃は、黒い糸はまだ皮膚を通っていても、すでに乾いて瘡蓋《かさぶた》になりはじめている胸の傷を軽く指でなぞって訊いた。皮膚移植、という単語が脳裏を掠めたが、この数では果てがなさすぎる。

体中にある傷跡は醜く、確かに気味のいいものではないと、腹の辺りの、まだ桃色の新しい傷を見下ろした。白く凹《へこ》み、或《ある》いは盛り上がって光って走る。煤《すす》を噛《か》んだ場所は黒いまま治癒し、脇腹はうっかりダムダム弾を喰《く》らってしまったから、手のひらほどの大きな傷跡になってしまった。配属されてすぐの、三ヶ月現場落ちだった。

この傷で死ななければ、役立たずとして処分《リストラ》だと、何かと悲観的になりがちな初任地のベッドの上で、不安のあまり泣き暮らしたのはいい思い出だ。

復帰できたからよかったものの、あのまま死んでいたら自分は、造られた理由を一度たりとも遂行できずに生まれてすぐ廃棄という、いっそ清々《すがすが》しいほど悲惨で短すぎる一生を終えていたに違いない。

――――なぜなら。

「壊れても、俺は《人形》ですし」

自分は人ではない。

その能力ゆえ、《犬》と呼ばれる《人形》だ。

人形のような人間ですらない。比喩《ひゆ》でもない。

人の姿をしているが、自分は人間ではなかった。人間《ヒト》の細胞から造られた、人間に造り出されたものだ。《備品》として、警視庁からの極秘の注文《オーダー》に対して、納品された武器で道具だった。

代わりならいくらでもいることこそを貴重とされて、作られた命だ。

ただ、簡単に《代わりを》と言える金額ではないことも、自分はよく知ってはいたが。

「買い換えならいくらでも」

簡単に投げ出せる命と、修復が容易なのが自分たちの売りだ。

成人として作り出され、言語と知識を刷り込まれて水槽から出される。ヒトのA型にくわえ、人工血液が使える。身体を損傷しても、抉《えぐ》れた皮膚を埋めるくらいなら、培養された汎《はん》用《よう》細胞が使える。

確かに高額だろうが、自分がいなくなれば必ず国家予算で買い換えられる。同じものは幾らでも作れる。

「……」

待っても動かない背中からは返事がなく、信乃は静かにベッドに入った。

必要なら返事があり、なければ無視された。

それが智重の答えだった。初めは随分戸惑《とまど》いもしたし、寂しかったがそれももう慣れた。

シーツに生乾きの髪がシャンプーの香りとともに広がるのを感じながら、胸の底で殺した息をつく。

静かな痛みと冷たい孤独。それが自分に与えられたものだ。

激しく罵《ののし》られるのと、どちらがましか。慰めにもならないことを虚《うつ》ろに考えながら毛布を少し引き上げる。

自分の位置に。智重に触れないように。

動きを抑えて緩《ゆる》く自分の身体を抱き、枕に凭《もた》れて、しばらくは来ないだろう遠い眠りを待つ。そのときだ。

「……」

布団の中で、上半身を起こした智重が、自分の身体の向こうに手をついた。

脂肪のない皮膚の中で、硬く絡まる腕の筋肉が動く。

いつもは軽く搔《か》き上げている洗いざらしの短い黒髪が、目許を深く隠していて、酷《ひど》く凶暴に見えた。垣間見える黒い瞳が夜を吸って、なお黒く冷たく光る。

自分より一回り広い肩幅。張り詰めた薄い肌。

一重の鋭い視線に晒《さら》されれば、捨てかけた欲情と恐怖で喉《のど》が鳴る。

「……本当に、傷はいいのか」

「眠るんじゃ、ないんですか」

長い指で首筋に触れられ、唸《うな》るように低く問われて、微《かす》かな警戒を肌に纏《まと》って答えた。

卑怯《ひきょう》だ、と思う。我《わ》が儘《まま》で自分を振り回して、苦しい切なさで伸べた手を冷たく払うくせに、腕を乱暴に摑《つか》むようなまねをする。

濃い真《ま》っ直《す》ぐな眉《まゆ》の下で、じっと見下ろしてくる智重の視線から、目を逸《そ》らして逃げた。

はい、と、応えた顔はどこか、不機嫌に見えてしまったかもしれない。

「少々無茶をしても大丈夫です」

それでも、初めに比べれば、随分智重は優しくなったと思う。

一年半前。来たばかりの頃は、ただ恐ろしいばかりだった。

守るべき主人との出会いに、いっぱいに抱えてきた真新しい期待と喜びを、立ち直れないほど酷く、智重は冷酷に打ちのめした。

不機嫌に怒鳴られ、そうでなければ無視をされる。

彼を慕い、友情と信頼を築いてゆくために、誇らしく差し出されるはずの自分は、飼い主の拒否という一番惨めで孤独な場所に捨てられた。

あの頃は必死だった。智重にどうにかして気に入られたかった。

今思えば愚かだと笑うしかない。

どう努力しても無駄なのだと、自分という存在が邪魔なのだと思い知るまで、自分にも智重にも、随分不幸で無意味な努力をした。

ベッドの相手もできると言ったら、数日間、動けなくなるほど犯された。

最近は、わからないなりに智重に慣れたし、智重の生活にも慣れた。智重が許す距離の取り方も覚えたし。

——願ったようには決して愛されないことも知った。

「無理はするな」

そう囁《ささや》くキスはすでに嚙みつくようで、求められるまま舌を差し出しながら、今夜も疼くのだろう腰の傷に、そっと庇《かば》うように手のひらを当てて、抱いた。

野性的な身体だった。不必要な頑健さではなく、しなやかに締まった重みが、黒い豹《ひょう》を思い浮かばせた。音もなく獰猛《どうもう》なところもそれによく似ていた。

「……っ……」

余計なことだと、耳が乱暴に齧《かじ》られるのに軽く肩をすくめた。それを押し退《の》けるように。

「智重……痕《あと》は……！」

耳の下を強く吸われて思わず声を上げたが、この髪の長さなら隠れるだろうと思って、それ以上、続けなかった。パジャマの中を荒くまさぐられて、恐れを訴える肌を、自分を傷つける智重に縋《すが》る気持ちだけで黙らせた。

「希望があったら、……どうぞ」

孤独と痛みに怯《おび》え、知らず呼吸が欲しくて、喘《あえ》ぐようにそんなことを訊いた。いつものことだった。

逃げるつもりはない。智重が休まるなら。落ち着くなら。

智重がどんな恥ずかしいことを望んでも、従うつもりでいた。自分は智重の《犬》だった。

「別に」

自分の好きにすると、智重はたいがいそう答える。

繋《つな》がりも、信頼も、愛情も。

肉の温かさ以外に、自分に何も望んでいないと。

「……はい」

それでもよかった。

智重に触れて、智重の熱を咥《くわ》えて、泣き出しそうに嬉《うれ》しがる身体を、一人で抱いて眠る。

智重の側《そば》にいて、智重が視線をくれて、智重を守るために生きられる。

自分の為に生きる決心はついていた。自分を拒む智重からこれ以上の何かが欲しいとか、貰えるだとかは思っていない。

「智重の好きにしてください」

自分の感情など伝えられても気分が悪いだろうと思ったが。

「俺は、アンタの《犬》ですから」

こんな夜の智重は、いつも容赦なく自分を抱いたから、そんな些細《ささい》な拠《よ》り所の準備は許されるだろうと、慰めのように信乃は少し、思った。

† † †

館内禁煙になってから、確かに煙の濃度は薄くなったと思う。

「で、昨日の焼死体ねー？　生きてる内に焼かれたみたいよー？」

可哀想《かわいそう》にねえ、と、少し高めに作った声が気怠《けだる》く言う。頭はアフロだ。

「あれだけ人集めたんじゃ、もう《立てこもり事件担当《一係》》の仕事だ。俺たちは、お疲れさん」

今頃はもう、殺人係の管轄だな、と、丈夫そうな猪首《いくび》の上にスポーツ刈りの頭を乗せたエプロン姿が言う。フリルのリボンがクロスする肩幅の広いスーツの背中が、片手で几帳面《きちょうめん》に何度も周りを拭きながら、ネルドリップに細い湯を落としている。

白い靄《もや》の向こうに、古めのブラウン管のテレビがある。サイズは無駄なほどに大きく、聞く話に因《よ》れば、過去、警視庁のロビーの華の経歴を持つ由緒ある品とのことだ。

そのテレビの中では女性のアナウンサーが、ヘリコプターの音の下でレポートをしている。

死体を退《ど》けてもかなり残酷な現場だった。

フェミニストを気取るつもりはないが、せめて男性をやればいいのにと言えば、またこの部屋の紅一点、黒田《くろだ》女史に社会的性差別だと叱られるだろうか。

埼玉県の、市街から離れたアパートでの事件だ。

女性二人を拉致《らち》監禁。内一人を連れてアパートに四時間立てこもった挙げ句、文化包丁で人質の女性を惨殺、説得に当たろうとした警官を一人刺殺し、それらを灯油で風呂場で焼こうとして、その煙に燻《いぶ》り出され窓から逃走。別場所に監禁した、もう一人の方へ隠した車で向かおうとしたところを現行犯逮捕。

その間、もう一人は監禁場所から自力で脱出したらしく、足取りは不明。

——と発表されたからには、隠蔽《いんぺい》は上手くいっているのだと、ここの誰もが腹の底で笑う。

《無差別殺人鬼は、二人もの犠牲者を出し、こうして逮捕されました。行方不明の、五十代とみられる女性の安否が気遣われています》

それを聞いてアフロ頭が、ケラケラと野鳥じみた独特の声で笑った。

「あの女。笑ってるわよ。犯人様々でね」

身動きの度に漂うホルマリンの刺激臭に、信乃は鼻を軽くすすった。周りより敏感な鼻が、つんと痛む。

確かに笑っているだろうと、自分も思う。

無差別に攫《さら》われた女性二人。犯人と接点はなく、女性同士面識はないと言われている。

「旦那の愛人殺してくれたんだから、愛してるなら喜ぶでしょうし、愛してないなら内緒の金をふんだくれるわ」

恨みを晴らすっていうならいろんな意味で十分だし。と、その愛人の遺体を司法解剖したアフロの解剖医、閑院《かんいん》晶《あきら》は悩ましい声で、想像というには確かな口調でそう言った。

「案外、奥さんが主犯かもよ？」

というのはさすがに不謹慎すぎて、同意はしたくなかったが、今頃重要参考人として取り調べを受けているだろうことは確かだ。

この部署が差し向けられる事件の特徴は、どの段階かで必ず絡む《大量の資金》だ。金だというなら、奥方にも十分それを動かせるだけの力はある。

テレビには、黄色のテープ《バリケード》が張《は》られ、青いビニールシートで目隠しされた半焼のアパートが遠目に映し出されている。女性アナウンサーが、事件の経緯を最初から説明しはじめる。

「……」

少し身体が熱っぽい気がして、智重が座るソファーの背後に立っていた信乃は、智重に気づかれないよう殺した溜《た》め息《いき》をついた。

腰骨の中の熱い疼きが去りきらない。内股は力を使い尽くしたように時折軽く痙攣《けいれん》して足元のぎこちなさを隠しきれなかった。

長い長い夜だった。自分の中の何かを必死に漁《あさ》るような、智重の好きにさせた。智重に与えられるというなら、内臓でも、その奥の何でも見せるつもりでいた。

そうして自分の中をめちゃめちゃに暴いても、昨夜は何も探し出せなかったのは、不機嫌な今朝の智重の横顔に明らかだったが。

「俺も奥方にホルモン」

と言うのは、競馬新聞を読んでいる、白髪の多い、小柄で痩《や》せたグレースーツの男だ。この部屋のど真ん中の一番大きな机に座っている。

「珍しいですね、桃原《とうばる》係長」

と、テレビを見ていた智重が締まった口のはしで苦笑いをする。

智重は、決して派手ではないが、整った顔立ちをしていた。短い黒髪は無造作に掻き上げられ、ワックスで纏めた数束が、軽く額《ひたい》にかかっている。贅沢《ぜいたく》もしないし、身形《みなり》に時間をかけるタイプではないが、几帳面と言えるほどには清潔で、スタンダードを好む。立ち姿も振る舞いもスマートで、刑事特有の、どこか疲れたむさ苦しさは見あたらない。

無表情で無口。そんな智重の苦笑いなど、なかなかお目に掛かれないものだ。

だがそれが浮かぶほどには、どちらかといえば、軽口屋ではあるが不謹慎ではない桃原の、珍しい投げやりな発言だった。

「今月はホルモン食い過ぎて、金がねえ」

と真顔で言って誰も笑わないほどには、桃原と呼ばれたこの部屋の室長の警部はホルモン焼きが好きで、三食それでいいらしい。ホルモン、美味《おい》しいわよーと、解剖医が言うのだから、そうなのかもしれないが、一つ一つ部位の詳しい解説を受けながらのホルモン焼きは、幾ら空腹でもどこか気が進まなかった。

「……」

少しうんざりと、信乃は視線を下げた。

今日は朝から繰り返し繰り返し、テレビもラジオもこの話題ばかりだ。茶番も、ここまでシナリオ通りにいってくれると、むしろ痛快だというのが、閑院の感想だった。

情報操作による隠蔽というなら上出来中の上出来だ。

何もなかったことにして隠してしまうのは難しいが、このくらいうまく、世間が一斉にこちらの誘導通りに誤認してくれているならば、このシナリオを疑う一般人は出てこないだろう。

真実とは、きっとこうして作られてゆくのだ。

事実、今回の事件の表向きはテレビのあれだが、裏事情を疑うような声は、今のところ一切上がっていない。

事件の直前、閣僚某氏の携帯電話に男からの脅迫電話がかかった。

愛人と奥方を拐《かどわ》かしたから、二人の安全と、愛人と某氏の関係を写真付きでマスコミに暴露されたくなかったら、現金で二億円用意しろという要求だった。

ここからが、この部署の仕事と由縁だ。

誘拐脅迫事件であるからには、当然これは警察の仕事だ。通常でいうなら、警視庁刑事部捜査第一課・特殊犯捜査一係或いは二係が受け持つべき仕事だ。

もちろん、自分たちも刑事部捜査一課の捜査官ではあるが、自分たちの任務はすべて《非公式》とされ、出動記録には記録されない。

大きな選挙を前に、愛人と妻が同時に誘拐され脅迫される。そんなことになれば、足の引き合いの泥仕合《どろじあい》の沼が彼らの住処《すみか》とはいえ、もう浮かび上がれない深い場所に引きずり込まれて終わりであることくらい、火を見るより明らかだ。

しかも、自分たちには打ち明けられなかったが、《二億円》という金額に男は覚えがあるようだった。泥沼は随分深いらしかった。

そこで、満を持して自分たちに——警視庁刑事部捜査第一課・第二特殊犯捜査第五係に、出動要請が回ってきたのだ。

内容は当然、公式中の非公式に犯人を検挙し、人質の救出を、だ。そうして身柄さえ拘束すれば、でっち上げにももっともらしい罪状を別につけて、それ相応の罰を負わせる。使途明細を上げられない、特秘という性格上、捜査の費用はすべて被害者持ちになるが、上手いことに、そうしなければならない人物には、それなりの金がある、というのがこの業界の常だ。

金で警察という権力を買う。黙秘と隠蔽という代え難い盾を買う。

要人の、身を滅ぼしかねない個人的醜聞に発展すると予想される事件を、非公式に出動して解決する。

それが、警視庁が商品あるいは対価として、差し出した自分たち、《捜査一課・特殊犯捜査第五係》だ。

公式には、特殊犯捜査係は四係までしか組織されていない。

誘拐、ハイジャック、立てこもり等を担当する一、二係、電車や航空機、爆発物などの大規模過失事故を担当する三係。それより更に複雑で特殊な犯罪を担当する極秘任務の四係。

その更に闇の部分に非公式に存在するのが、自分たち五係だった。

仮にも捜査一課を名乗り、その下の特殊犯捜査係に与《くみ》されていながら、部屋の場所も左遷的に、華々しい警視庁の花形である捜査一課の建物を見上げる形で古い別棟にあり、それと知る人間も少ない。動きも指令系統も全く別だ。

ゆえに単独扱いとして、《五課》と皮肉られることもある。そして、この部屋にはもっと別の呼称もあった。

設立当初は火消課と、消防署のようなことを言われていたらしいが、自分がここに来た頃には《スキャンダル課》という名前がすっかり板についていた。

結果として、扱う事件がそんなものばかりだったからだ。

不名誉且《か》つこれ以上相応しい名称はなく、むしろ勤務の内容が明確であるから、これを正式呼称としたらどうかと、ホルモン係長が会議中に嫌味のつもりで提案したら誰も反対せず、慌ててそれを取り下げた経緯があるらしいというのはこの課の伝説の一つだ。

墓場直結の流刑地《るけいち》。そして、この国の最上層部とっては、スキャンダルを寸前で止めてくれる最後の砦《とりで》で、ゆえに個人投資が行われているらしい、特別室だ。

当然今回の事件も、初動捜査の段階では自分たちが出動すべき事件で、しかるべき筋からの要請を受け、出動をしたのだが、事件発覚からこちらに命令が下るのが遅く、犯人が立てこもり宣言を窓から喚《わめ》き散らして騒ぎになったせいで、現場で足止めを喰らった。

待っている間に住民ルートで所轄が駆けつけ、そこから一係に報告が入って、自分たちの出動がさらに困難になった。しかも、説得に向かった警官一名がカメラの前で、立てこもった部屋に引きずり込まれて刺殺され煙が上がってしまえば、今更GOサインが下りても、動けないのが自分たちのありようでもあった。

現場は、華やかな一係と特殊捜査班《SIT》に譲るを余儀なくされ、自分たちは遠巻きに停めた覆面の警察車両の中から、報道のフラッシュとともに、それを見守るしかなかった。

自分たちには撤収命令が下された。

犯人送検後、桃原と智重、自分が、別部署を装うことを命じられ、現場観察に入った。

いた。


『五係《スキャンダル課》』は、特異事件を扱う四係を上回る秘匿性を持つゆえに、四係に形だけ所属し、内部的遊撃の形を取っている。徹底的に五係の存在は外部に知らせてはならないものだった。

風呂場には、温風ヒーターの灯油がかけられた、部分的に焦げた死体が二体折り重なっていた。

「……」

テレビは容疑者の男の古い顔写真から、フラッシュが瞬《またた》く画面に切り替わっている。

長机に並んでいるのは、普段、到底そんな台詞《せりふ》を吐きそうにはない、見知った男たちだ。

彼らは、一警官の、人情に訴えた身を挺《てい》した説得のあり方の是非について、状況報告と詫《わ》びを繰り返している。

刑事部の刑事総務課長である男だ。弁に長《た》け、濃い顔と少し太めの身体つきが、人情味に厚く見える、得な容貌をした男だった。

説得行為は、その警官独自の判断によるものだが、それを許した警察の姿勢が問われるのに、彼らは沈痛に作った面持ちで頭を下げていた。

『――今回被害者の方も、殉職した巡査も、みな同様にかけがえのない命であったと我々は――』

と、マニュアルに書いてあった文字を読み上げるのを、いち早く嗤《わら》ったのは智重だった。

『犯人といえど、誰の命も失われてはならない、警察官の安全ももちろん守らねばならない。

人命の尊さを、我々は胸に刻み、今後の――――』

その皮肉な笑みを受け取るのは、コーヒーをカップに注《つ》ぎ分ける、坂井《さかい》という顎髭《あごひげ》を生やしたピンクのエプロンの男で。

「まっとうな御正論だ」

と、ちらりと自分を眺めて、同じ苦さで嗤った。

彼らは自分のことを知っていて、そして、彼らと同じ《はみ出した者》として自分を受け入れる。大義名分の陰で、どれだけの命が人生が切り捨てられてゆくかを体験している。

自分を哀れみもせず疎外もしない。それ以上でもなく、それ以下でもなく、警察犬を受け入れるように、少し距離をとって、自分がこの部屋で薄く煙った煙草《たばこ》の煙を吸うことを容認している。

『地球上に、一つとして失われていい人命など無い――――!』

激しく言い切り、揃《そろ》って頭を下げる彼らの姿が掻き消えるほどのフラッシュが、画面を白く焼いている。

競馬新聞をたたみ、一緒に投げ出すように桃原係長が呟く。

「嘘《うそ》は言ってねえわな」

それが人でなければ、良いだけの話だ。

この廊下があまり好きではない、と、心で言葉にして、智重は思う。

警視庁のそれとも違う、あの独特の雰囲気をわざと真似たような廊下だった。

古くさい灰色のリノリウム、高い位置にある窓が灰色なのは、壁と誂《あつら》えたようだった。

あの日もこんな空だったのだろうと思うのが、イメージ的な記憶であるのは智重にもわかっている。実際事件簿には、晴天と記されている。

並ぶドアに、その原因だと思われる、古いスライドの大きな搬入口がある。あの上に、青いランプが灯《とも》れば、そのままあの解剖室だ。

五係の部屋の突き当たりにあるこの廊下は、記憶の中にある解剖室と似ているのだった。

五係が使う解剖室は、別棟の地下にあり、まだ新しいそこは、礼を尽くして、人生を終えた身体を迎えるに相応しく、明るく清潔だ。

そもそも、あの日、自分はあの廊下にいたわけではない、と、あの日に戻りたがる自分の心を一つ一つ智重は言い聞かせる。

† † †

古い記憶が個別に重なり、精神を圧迫しているにすぎない。それを人は多分、感傷と呼ぶのだろう。

「……」

折りたたみ椅子《いす》に深く腰掛け、膝《ひざ》に肘《ひじ》を乗せて俯《うつむ》く。

彼らの剖検が行われていたころ、自分は背筋に大怪我を負い、こんなふうに祈る姿勢を取ることもできず、大混乱の警察病院の手術準備室で呻《うめ》いていた。

そして、剖検といっても、一握りの炭にまでなった焼死体を一々個別に判明させても無意味で、証言による遺体の位置と血液型、骨格による性別年齢の鑑定で、彼らと決定された。

――俺が、もし家族を作るとしたら、こんなふうなのかな、――さん。

亡くしたときにもういらないと思ったものを、のぞませてくれた。一生一人だと、思っていたのに彼を欲した。

打ち明けた。過去の不幸を長く悲しんだ。だから、もうそろそろ幸せを探していいのではないかと、恐る恐る自分に許し、求めてみた。

――帰ったら話を、智重。

出動が掛かっていて、出際に言った言葉を、大切にしてくれると言った。答えはどうあれ、決して軽くは聞き流さないと。

別所に出動していた自分たちに応援要請が掛かったのは一時間後だった。

現場到着間際《ゲンチャク》になって、手のつけられない事態になっているから、もうそのまま引き返せと言われた。まさかの撤退命令だった。

それを振り払い、飛び込んで、何もできずに。

記憶にあるのは炎だ。崩れ落ちた瓦礫《がれき》の舞台の上で重ねて立ち塞《ふさ》がり揺れる、道化の赤い踊り。

願ったからだと思った。

――次は、いつ帰ってくるの？　お兄ちゃん。

結衣《ゆい》も。そしてあの人も。

父も、母も。自分が大切だと告げたから死んだのではないか。自分が望む者はすべて。すべて――。

「――奥村《おくむら》」

「！」

不意に、隣に腰を降ろす気配があって、智重は見開いた目で、そのまま真《ま》っ直《す》ぐ廊下をみつめた。

一瞬、視界と別の場所にある暗闇が脳に満ち、自分がどこにいるか、短い記憶を手繰《たぐ》らねばならなかった。

我に返りゆっくりと隣を見る。そこには。

「香原《こうはら》、さん」

その名を呼んで、酷いタイミングだと思い。

自分と同じものに囚《とら》われて度々訪れているとするならば、これは偶然ではないのだろうと、智重は、ほつれ落ちていた前髪をゆっくり後ろに掻き上げながら、お疲れ様です、と、戸惑う自分を宥《なだ》め、静かに応えた。

香原は、ほとんど白髪の頭をうしろに撫《な》でつけた小柄な男だ。赤焼けした鼻の上に皺《しわ》を寄せる癖があった。

珍しく、勤務中に外出していたのだろう、懐かしい濃茶のコート姿のままの香原は、ポケットから煙草を出して、出店にありそうなアルミのライターでその先を炙《あぶ》った。

「何やってる、こんなところで」

この奥は事務用品庫があり、無人の医務室がある。目の前を通る行き詰まりの廊下は喫煙コーナーになっていた。一応こうして設けられてはいるが、スキャンダル課は治外法権だ。ここの吸い殻入れはいつも空だった。

「別に」

香原と同じ理由だろうから、智重は答えなかった。

香原は、そうか、と呟き、俺は煙草を吸いに来た、と、別棟の、この喫煙コーナーを選んだ理由を自分に言及させない。

「慣れましたか」

しばらく香原が吐く煙草の煙を目で追ってから、そう訊いた。

「まさか。畑違いもいいところだよ。お前は随分派手にやってるようだが」

隠密でなくてはならない自分たちに向かって酷い評価だが、どうしてもその仕事の性格上、やることだけはいつも騒がしいのだから、仕方がない。

「抑えてるつもりです、褒めてくださいよ」

必死で陰に引きずり込み隠してしまおうと足掻《あが》いてあれだ。手放しで好き放題にさせていれば、テレビに映るあの円卓の半分が空席になっているはずだった。

香原は陽に焼けなくなっても浅黒い横顔で、そうか、と言って鼻の上に皺を寄せて笑った。叩《たた》き上げの巡査部長から、すべての思い出を捨て、巡査に降格してまでの強行犯捜査一係
――事務方への転向だった。毛色が違うにも甚《はなは》だしいが、いつまでも板につかないのが哀れに思うといえば、それは自分も同じだろうか。

香原は、長く遠く、一直線の煙を吐いてから。

「もうじき三年だが、どうする、智重」

「墓には行きますが」

問いかけられてそう答えた。痛みは少しも薄れていない。自分も、香原も。

「まあ……墓ん中は空だし、参りにいく家もねえしな」

と、己《おのれ》の吐く煙越しに天井を見ながら言う香原は、あの日の自分の相棒だった。そして、死んだ男は自分同様、香原が育てた部下で、純粋な、というなら、たった一人の自分の先輩だった。

あの炎の中で、香原を振り切り、彼らに手を伸ばして重症を負った自分と、留《とど》まれと自分に命令しながら彼らの死を目《ま》の当たりにした香原の、傷の深さは同じだと智重は思っている。情と理性を天秤《てんびん》に掛け、彼らを諦《あきら》め、自分だけでもと判断し、彼らの死と自分の怪我とを正気のまま味わった香原のほうが、どれほど夢見が悪いだろう。

罪悪感が堪《たま》らないと香原は漏らした。当然だとは思わないが、理解はできると思った。香原には何の罪もない。正しい判断だった。

一握りの炭になってしまった彼らの遺体は、多くの検体がそうであるように、事件解決まで部分的に保管され、遺《のこ》したものはあまりに少なく、それがすべてだった。ただでさえ、すべて燃え尽き、遺留品の少ない未解決事件に必要な、剖検のメニューに足りないと聞いたこともある。

返却を求める遺族がいないから彼らは今もサンプル室にいて、殉職という世間体《てい》ゆえ、立派な空の墓だけが一等地の墓地にあるという矛盾した状況だ。

眠れているだろうかと思えば、そんなことはあり得ないのだと、自分を責める声と炎の残像が瞼《まぶた》の裏をちらつく。

誰よりも彼は刑事だった。無念のはずだ。それを継ぐことさえ許されず、忘れろと命令は下り、こうして無様《ぶざま》に生き延びてその代償に、今までのすべてを剝奪《はくだつ》された。

それでも生きている。自分一人。――――また。

だよな、と、香原は疲れた様子で独り言《ご》ちた。

香原は急に歳《とし》をとったようにみえた。いつも疲れているようにも。

五十手前の転向だ、苦労は並一通りではないと思う。『現場百ぺん』、捜査は足でするというのが、彼の口癖だった。今まで聞いた他人《たにん》の声で考えるのだと。そんな彼が、よりにもよって、向かないと言っていた庶務課に自ら転向を願い出た理由を問うたことがある。できるだけ違う場所に行きたかった、という、現場生まれの香原の答えを聞けば、黙るしかなかった。

あの事件のあと、あれだけはっきりしていたはずの被疑者は、たまたま事件に巻き込まれた被害者とされ、燃えた屋敷は国家が賠償した。納得のいかないそれは、捜査することも、その真実を暴こうとすることも禁じられ、明らかに隠匿の影を見せながら、理由を問うことも許さなかった。捜査できる立場さえ奪い取られた。

自分は五係に、香原は自分の何倍もの守秘の誓約書を書いて、本人の希望で事務付きになった。解雇せず、監視下で飼い殺しにするのは大きな組織のやり方だ。辞めることさえできなかった。

表に立てない自分をはじめ、こうして集められてきたのが五係のメンバーだと、説明されるまでもなく、そして、説明されるはずもなかった。

隠し金にかかわったという噂《うわさ》の係長、解剖室から遺体の一部を持ち帰っていたという噂の解剖医、検察庁次長に刃物で斬りつけたという噂の巡査長。総監の元愛人だという噂の婦警と、他国マフィア絡みの事件で今も追われているらしいという噂の自分。前所属《マエ》がない、美貌の捜査官。他にも数名、普段はめったに顔を見せない捜査官が、桃原の指揮下にいる。

噂がどこまで噂なのか、その真偽が確かでなくとも、そんな噂を否定しないことにデメリットはない程度には、持っている脛《すね》の傷は深い。

「………」

香原が吐き出す煙をぼんやりと見ている。

曇りは時間の感覚を鈍らせ、ぬるい空調が季節感さえ麻痺《まひ》させる。

あの日の景色。コート姿の香原。軋《きし》む折りたたみ椅子。

香原と、こうしてここで待っていれば、あの搬入口から、怪我の治療を終えたあの人が出てくるのではないかと、取り留めなく馬鹿《ばか》げたことを考え始める。そのとき。

「……わんこ、どした」

また短いことを香原は言ったが、いつでもそれがわかるところが香原の要領がいいところだ。

「元気にしています。優秀ですが、突撃タイプなのが珠《たま》に瑕《きず》でしょうか」

思い出すと、少し腹がたった。

それを、お前と一緒じゃねえか、と、香原は過去の自分を笑ってから。

「信乃坊《ぼう》、って言ったかな」

「ええ。一応表向きは二十三ですよ」

と言い添えてやった。確かにどちらかといえば華奢《きゃしゃ》で、整いすぎた顔立ちが幾分童顔に見せるが、香原の目にはまだ子どものように見えるらしい。

香原は、その存在を知っている。信乃の主人候補に、香原の名も挙がったらしい。

優しい色の、だが神経質そうな切れ長の目には、彫り込んだような二重が引かれていた。

静かだが勇猛な性格に相応しく、細い眉は形良く濃く、長い睫《まつげ》毛の上に同じラインで乗っていた。鼻先はつんと高く、唇は若干薄めでいつも寒そうに見えるそれを結ぶのが癖だ。

儚《はかな》げな表情。軽く目を伏せる癖。一度目を閉じるようにゆっくりと長い睫毛で瞬く。

身体に張りつく筋肉はしなやかで薄く、けれど俊敏で、一瞬ならば自分をも凌《しの》ぐ瞬発力を持っている。猫でなければ、外国の観賞用の気高い姿の犬のように思えた。聞いた話では、性質的には猟犬《ポインター》に近い設定にしてあるということだ。

香原は煙草の吸い口を、少し決まり悪げに軽く揉《も》み、中空に目をやりながら訊く。

「なんてえか、……やっぱ、人と違うのか」

「体質について若干。でも俺よりは随分人らしいです」

と答えると香原は、昔は人だったのにな、と、自分のことか、香原のことかわからないような独り言めいた声を出した。

「人がベースですが、犬の能力を組み込んでいますから、引き換えに、基本的な人の能力が少し劣ります。頭脳は優秀ですが、その特性で、少し近視で内勤のときは眼鏡をかけてます。嗅覚《きゅうかく》が鋭いのでカレーを作るとくしゃみをしてますよ」

そのくせ鍋を混ぜようとするのだと、苦笑いで言うと、香原は釣られるようにして笑った。

ほんとに賢いのか、そりゃ、と、口の端から煙を漏らしながら言った。

「ええ。そういう風に、――――……造られているそうです」

人の意図するところで造り出されたのが、石凪《いしなぎ》信乃という名を、見知らぬ他人につけられた自分と暮らす《人形》だ。

ここで生きて行くしかないとわかっているから敢《あ》えて目を瞑《つぶ》る闇だった。

地獄の下にあるここの、更に下は、濃く練られた漆黒の闇だ。

日本の中枢は《反対解釈主義》だ。

Aが駄目ならA以外ならいい。

殉職者を出すと、殉職者を守りきれなかった警察自体に世論の矛先は向く。

殉職者を出さないのは任務上無理で、出さないように安全を優先すれば仕事ができず、また税金泥棒などと、幼稚な罵倒《ばとう》で非難される。

それならば、出るのが《殉職者》でなければいいと、解釈するのだ。

殉職者でなければ――――《人》でなければいい、と。

公的に戸籍のない、警察に絶対の服従を誓う生き物ならいいのだと。

日本人はもちろん問題外、けれど、国際問題に発展しかねない外国人傭兵《ようへい》、または、人身売買や孤児なども、進んで爆弾を抱えるようなものだから、決して選ばれない。

警察の意思で、その心身の一切を自由にできる《物》。

そうして、警察の都合だけで造られた、一切の生命の主張を許されない《犬》という名の《人形》が、信乃だ。

国家の息の掛かるとある研究所で、人造人間が制作されている。クローンではなく、胚細胞の段階で、必要な能力や特徴を組み上げて、培養し、人に似た生き物として作り出す。

人間がいけば危険とされる任務、或いは死人が予測される任務に赴かせるために作った、ヒトではないものだ。

《命は金で買えないが、人形は金で買える》というのが上層部の理屈のようだった。

違うと反論したが、具体的に何がと問われれば答えられなかった。彼らは人間のように両親という柵《しがらみ》を持たず、世間という過去に縛られない。同じ形のものは望むならばいくらでも作りなおすことができ、記憶というならデータにしたものを教えれば覚えるのだと言った。

どうせ死にゆくものだが、高額を払っているからには役に立ってもらわねば困ると、それでも命には違いないものを踏みにじるようにして吐き出された言葉を、はじめて聞いたときは、憎悪を覚えた。彼に対して申し訳ない、という羞恥《しゅうち》と怒りだった。

警察に配属される《人》以外のものといえば、と、それがさも名案だったように得意げに、信乃を自分に預けた男は言った。

《警察犬》だ、と。

極秘である彼らを、警視庁は国家予算から備品として購入していると聞いた。途方もない額なのだと彼を自分に与えたものは言った。

それでも、金があれば買えるのだと、彼らは笑った。生きているなら人間《クズ》どころか凶悪犯のそれすら買えないのだと、まるで、その警察犬に命がないようなことを、彼らは言った。

警察犬の殉死に訴訟を起こす人間はいないというのも彼らの言い分で、目的だった。備品の破損を叩くマスコミはいない、とも。

盾にする。囮《おとり》にする。餌《えさ》にする。捕らえられても助けに行く必要はなく、死んでも口を割らないように造られていると、得意げに笑った。

「俺は、あれが嫌いだがな」

と、香原が言った。

「人と変わりませんよ」

人より純粋で敏感だ。

笑おうとし、怯えて、諦める。それすら悟らせないよう、必死で微笑《ほほえ》もうとする。

酷いプレッシャーだった。自分の声を待つ、あの視線から逃げたいと何度も思ったことがある。

無防備に信頼を預け、笑顔をくれようとするそれが恐ろしかった。ゆっくり握り潰《つぶ》すように諦める瞼が、苛立《いらだ》たしかった。

「……いや、そうじゃねえ。そういうモンを作り出そうって考えがな」

あの子はいい子だ、と、やはり子ども扱いをして香原はまた、溜め息をつく。

「べっぴんで賢そうに見えるが、突撃タイプか」

と、また水を向けてくるのに、ええ、と、智重は答えた。

あれ以来、香原がこんなに他人に関心を持つのは珍しいような気がしていた。もう、失いたくないものを手に入れない、と、香原は言っていた。そして、身の回りのものすべて、生き方さえ捨てて、あの日から離れた。

「普段は賢く冷静ですが、俺が傷つきそうになると見境がない」

胸元と腕のあの傷も、自分に突きかかろうとした犯人を素手で殴ったせいだ。止めようにも華奢にすら見える信乃は馬鹿力で、胸元をナイフで切られ、腕を刺されながら、犯人が気絶するまで徹底的に殴ったせいで、咎《とが》めは飼い主である自分にやってきた。

「可愛《かわい》いじゃねえか」

「《犬》ですから。刷り込みってのがあるんですよ」

そう造られているんです、と、信乃がそうする理由を智重は語った。

元々犬の特性が強く組み込まれているせいで、忠誠心が強く従順だ。しかもそれに加えて、自分たちを裏切らないために、主人と定められた人間に絶対的に服従するよう、刷り込みという暗示が掛けられているという。

感情ではない。裏切れないように造っているのだと。自分が警察を裏切らない限り、信乃は警察を裏切らず、自分には警察を裏切れない理由がある。それを見込まれて、自分が信乃の主人に指名されたのは、話さなくとも、香原にならわかるだろう。

「香原さんの《犬》になったほうが、あいつも幸せだったろうに」

と、打診は必ずあったと思われるのに、それを断わったらしい香原に少しの苦情を智重は言った。香原はそんな嫌みに気づかぬふりをして。

「お前が幸せにしてやりゃいいじゃねえか」

今度こそ、と、反対に嫌みなのか心配なのかわからない言葉を返してきた。

「……」

幸せ、と言う言葉を聞くと、呪われたような気分になる。

いっそ無関係ならまだいいが、望めば残酷な反動が来る。

あのときも。あの日も。

願えば、叩きのめす衝動を伴って、必ず失うのだ。

「お前、まだ」

返答を探せない自分に、香原が眉を寄せる。そして、彼が継ぐ言葉を発する直前に。

がしゃん、と、重い音がして、搬入口からスーツを腕に掛けた信乃が入ってきた。

「お待たせしました」

と、言って立ち止まった信乃は、少し驚いたように、一度明るい色の瞳を瞬かせて香原を見てから、きちんと会釈をした。

「お久しぶりです。香原巡査」

転属するために、その地位までも一度捨てた香原だった。

そんな信乃に、香原は薄い頭を掻いて、よくわからない照れ笑いをした。

済んだのかと訊けば、はい、と、まだ軽く緩めたままの襟元に軽く指で触れて、少し透けて見える新しいガーゼを示した。

「叱られました」

と、苦く言う信乃が、やはりどこか不愉快で仕方がなかった。

信乃の主治医が、わざわざワゴン車で駆けつけ、傷を診てくれた。裏口に停めたそれを待つためにここにいた。

「……じゃあ、また、香原さん」

と言って立ち上がる。逃げるように立ち去る自分の背と香原を見比べる、信乃の視線を感じた。

失礼します、と、気まずそうな小さな声が言う。すぐに足音が後ろを追いかけてきた。

「すみません、邪魔しましたか、俺」

「丁度済んだところだ。怪我は」

「およそ塞がっていたので、縫い直さなくてもいいそうです、傷が嫌なら治ってから皮膚の表面だけ……」

「縫え」

苛立たしい、と思って、信乃の言葉の途中で吐き捨てた。

俯く気配があるのを振り向けない。

《犬》の主《あるじ》に向かないと思う。賢い信乃は、それでも必死で自分に慣れようとしているのに、自分は何故かそれも気にくわない。

自分が命令しなければ、信乃が迷う。挙げ句、命令を待てない信乃に傷を負わせるのは半分、自分のせいだ。

「…………掻き乱すな」

耳のいい信乃に聞き取れないよう唇だけで呟いて、苦しさを漏らす。何故そんな言葉が出たかもよくわからない。

捨てたはずだ。あの日に何もかも。

信乃が来ても、上手く使えるつもりでいた。道具だと聞いていたから、自分はそれが欲しかった。

信乃に落ち度はない。信乃は、犬というなら軍用犬と呼んでいいほど、優れたいい《犬》だった。側《そば》に寄せる気はないと言い渡せば、冷静に距離をとってくるような。

少し遅れてついてくる信乃に、どうしてこれほど苛立つのか。

「……」

失いそうな気がする、と、失うべく作られたものなのだとわかっていながら、失う予定は未《ま》だないのに、何故これほど自分でも手の届かない場所が掻き乱されるのか。

『お呼び出しします』

「！」

立ち止まる自分を信乃が見る。放送の声は黒田だった。

『三号室の皆さんは至急、室《しつ》にお戻りください。繰り返します』

「出動だ」

頷《うなず》く信乃を従えて、目の前に迫った部屋に戻った。

閑院以外はすでに部屋に揃っている。

「……スキャンダルだそうだ」

目を伏せて爪《つめ》を切りながら、中央の大机で、桃原係長が溜め息で言う。


「また見事だな」

と、セダンの助手席に深く埋もれ、今どき手書きの報告書を読む坂井が、滅菌のウエットティッシュで脂《やに》に汚れたドアの肘掛けを拭きながら言った。

自分にそれに意見をする資格はなく、信乃は曖昧《あいまい》に俯く。

政治家の一人娘が薬《ドラッグ》に手を出し、バイヤーの鉄砲玉をヒモにした上、父親の名を騙《かた》って拳銃を手配。無知ゆえというほかにないが、その拳銃は敵対組織の暴力団から買い付けたもので、その請求が父親に行って事件が発覚、が時すでに遅く、彼女のヒモはその曰《いわ》くつきの拳銃を持って、それを売った組に飛び込んだらしい。

「信乃、被疑者《マル被》のデータを頂戴」

「浜野健三《はまのけんぞう》、三十八歳。麻薬所持使用、並びに販売で四年前と昨年の二回、逮捕歴、実刑有。一昨年九月には七十一歳女性から路上で現金を奪い取り、窃盗傷害で通行人に取り押さえられ現行犯逮捕。前科三犯。他、浜野が二十歳以前に、実家の下関にある指定・広岡組系暴力団の末端に所属していた情報がありますが、未確認です」

毎日超高速音声で更新する、自分のデータベース内の情報を口にする。本部に問い合わせる必要のないこの情報は、迅速と秘密が命のこの部署では重宝されている。

「とてもいいチンピラね」

聞いていた閑院は、そんな浜野を褒めた。

後部座席のジュラルミンケースには、場所代として、いっぱいの現金が詰め込まれている。

これを持って、間に合えば交渉、間に合わなければ発覚は免れず、昨日の事件のように一係に捜査を譲らなければならない。前回に引き続きこの仕事を譲り渡すことになれば、スキャンダル課は無能のレッテルをもう一枚増やすことになるだろう。

「俺たちは仕事を間違えているな、多分」

助手席の坂井が溜め息をつく。

「この金を持って逃走すれば、高飛びできる。東南アジア辺りに行けば一生暮らせる。どうせ足はつかないし」

と、坂井は言うがそれができない足枷《あしかせ》があるから、彼らはここにいるのだ。それを黙って聞く智重にも。

「……」

胸元の傷が小さく痛んで信乃は軽く眉を寄せた。薄皮を嚙む、ちりちりとした嫌な痛みだ。

あれから智重は、一度も自分を見ない。

何がいけなかったのだろうと思い、もともと気に入られる存在ではないのだと、答えを出す。

望んではならない。《犬》という道具として、生きて死ぬことが命のすべてだ。

それ以上、何も望まれてはいない。自分でなくてもいい。代わりは幾らでもいる。

——理想的なストレスピークだ。

と、自分の傷を縫ってくれた、生みの親でもある、篠原生物生体研究所の一水《いずみ》という医師は、カルテを摘んで肩をすくめた。ついでがあるといって様子を見に来てくれたが、車の中を見れば、わざわざ出て来てくれたのは明らかだった。彼は《人形》を——自分の作品を、大切にしてくれる人だった。

——愛されてないか。

何がその一番原因になるのか。自分を造り出しただけあって、一水はよく知っていた。

愛して、愛されて、身を尽くすよう、作られた自分だ。

愛して乞《こ》うて、声すら与えられず、好きにしろと放り出されて、傷に塗《まみ》れて一人で耐える。

どう努力しても、どう希望を探そうとしても。

探し出せるのは、振り向いてもらえない惨めさと、寂しさだけだ。

何も答えられない自分に、辛《つら》い顔をした一水は、真っ白にしてやろうかと、悲しそうに言った。

あまり辛いなら、感情は削《そ》ぎ落とせると。

では何故、初めからそんなものを植えつけるのかと訊けば、感情がなければ出来ない仕事もあると、汚れた白衣で、口許の汚れを拭きながら、残念そうな息を吐いた。

ヒトより丈夫に作られている《人形》を簡単に壊せるのは、愛情不足、という飼い主の仕打ちだけだと、一水は言った。

確かに、智重の拒否は自分を傷つけたが。

感情を捨て、心情的な辛さを感じる神経を忘れてしまう。智重の顔色に怯えず、仕事だけに没頭できれば、そこにこそ自分の幸せはあるのかもしれないと思い描きもした。

それでも智重を好きな気持ちは手放したくなかった。これが無くなれば楽になれるのはわかっていても、核というならば、これこそがそうであり、けれど、それと別の場所に確かな理性が存在していることを、信乃は信じている。

自分は彼をサポートする《犬》であり、いくらでも換えが利《き》く道具だ。寂しいだなどと、そんなことを訴える胸の奥は殺さなければならない。でなければ、その価値すら失って、本当に捨てられる。

「……」

鬱《ふさ》ぎ込みそうになる暗い思考を、無線の音が断ち切った。運転席の閑院がいくつか言葉を交わしてから。

「今回の犯人はどうやらいい子よ？　ナイスとしか言いようがないわ」

さすが生まれも育ちもチンピラと、車の天井でアフロの頭を潰しながら、私、外科医、って名乗ったほうがいいかしらと、はしゃいだ。

「感謝状でも出すか」

と坂井が真面目に皮肉を言う。前回の任務を一係に譲り渡さねばならなかったことで、桃原の代理で出向いた坂井はどうやら随分絞られたらしかった。

坂井は、さっさととっつかまえるかな、と、溜め息をついた。勤労というなら、自分と同等に坂井は勤労だった。その坂井は。

「俺と閑院は説得に当たる。突入の場合、先頭は信乃」

「はい」

「やたら突っ込むな？」

この間の乱闘と怪我を指して坂井が言うのに、はい、ともう一度答えた。桃原には並んで絞られるが、上から叱られるのは智重だ。幾ら換えが利くとはいえ、自分は高価な備品であるから、大きな器物損壊程度の叱責《しっせき》はされるらしかった。

「チンピラ色男《ロメオ》は全弾詰まった拳銃《道具》を所持して、飛び込んだ先で籠城《ろうじょう》。王女様《プリンチペッサ》が助けに来てくれるのを待つつもりかしら」

「美人の護衛犬が守りに行くんだ。たいがい贅沢だろう」

坂井の反論に。

「そんなことに信乃はやりませんよ」

「……！」

と、智重に軽く頭を抱き寄せられ息を呑《の》んで。

「っ！」

身体を硬くしてしまったのに気づかれたか、すぐにその腕は解《ほど》かれてしまうのに、信乃は慌てて視線を上げようとして、できなかった。

動悸《どうき》を打つ胸が苦しくて、辛く目を伏せる。

嬉しかったのだと、言い訳をしたくても、言い訳は難しく、望まれてもいない。

気まずく俯くそれすら拒否の態度のようで、今頃気づいても、――もう何も伝えられない。

まだ、銃声は聞こえない。

相手方暴力団に金を払って場所を借り、立てこもった男を捕縛して、《麻薬及び向精神薬取締法違反容疑のみ》で送検したあと、立てこもりの罪状に相応しい罰を、適当に掻き集めた罪状に与《あた》えたかのように与える。それが五係に極秘逮捕された犯人の処遇だった。

できるだけ目立たないよう軽犯罪で捕らえるのを常としているが、逮捕後の余罪を山盛りに追加して、最終的に相応の、或いは、捜査費用が加算された罰が彼らには与えられることになっていた。

「娘を持つと、お金がかかるって本当ねえ……」

と閑院が溜め息で呟いた。

無事に事件が収まったとしても、このあと、その議員が賠償金という口止め料で、この組に対し、どれほどの金を払わなければならないか。

「知ったこっちゃねえ」

と、吐き捨てるように坂井が呟くのに、

「そうね、私、産めないし」

と、セダンのドアを開けて、看板の掛かった大きな和風の門を見上げながら言う閑院が、アフロの髪を整えている。

「どうしますか、智重」

作戦の通り配置についた。

組に話を通せば、はた迷惑な暴漢は警察が処理し、しかも、金と《議員様》を揺するネタだけ置いて帰るという美味しい話に彼らが乗らないはずはなかった。

「GOサインまたは銃声待ちだ」

「しっかし、べっぴんやな」

と、案内に寄越された若い男が腰を屈《かが》めて信乃を覗《のぞ》き込んだ。そんなことをしなくとも、男は信乃の頭半分、背が低い。

「おやじの好みや。俺もいっぺんくらいなら。なあ、刑事さん」

ナンボ？　と、男が問うのを慣れたことだと、視線さえ動かさずに信乃はそれを聞き流している。

けれど、『そんなことなどしない』と口では言いながら、それ以下のことが信乃に強いられる可能性があることを、自分にはどうしてやることもできない。

幸い、まだそんな任務に行き当たったことはないが、もしそんな日が来たとしても、必ず守ってやると言ってやることが、信乃を守ることになるかどうか、わからない自分に、智重は軽い吐き気を覚えた。

人ではない信乃にのみ許される囮捜査の手段として、信乃の身体を使わせることがあるかもしれない。

それを止めたくても、あくまで自分は、警察という公僕が雇った犬で、信乃はその《犬》だ。

《犬》の主人である犬《じぶん》も、飼い主の命令を聞かねばならない。自分はあくまで信乃を任された管理者に過ぎなかった。

信乃に、他の男に抱かれる任務が降りたとき、自分はどうするのか。

大切だと、腕に守って信乃を失うつもりでいるのか。

「ナイショで一回！　な？」

「――……」

無邪気な男の声に、意識が闇に落ちていた一瞬を智重は知る。

いつでも地面から音もなく、焼け爛れた死人の手は足首に伸びる。気づかぬ間に摑まれ引き込まれている。

それを優しく智重は剝ぎ取った。

『わかっている。もう失いたくないのだ』と、言い聞かせながら。

「……」

信乃は、初めてやないんやろ？　と、しつこく覗く男を無視し続けている。もしも、男のいうとおり、信乃が《おやじのタイプ》だとして、希望されたら、五係は、信乃の身体を口止めの一部として差し出さざるを得ないだろうことがわかっているからだ。

「もういいだろう、仕事をしてくれ」

と、子どものように、いつまでも信乃に粉をかけ続ける男の金のネックレスを、風神が描かれたTシャツの背と共に引っ張った。

「うっせーんだよ！　貴様らサツの犬にわざわざ着いてきてやってんだろーが！」

ざけんなよ、この犬！　と、その手を振り払い、靴を蹴《け》りつけてくるのも、この年頃の下っ端にしては元気があるとはいえないほうだが。

「……信乃」

拳銃を握る右手に添えていた左手が左腿《ひだりもも》に降りるのに、智重はそう、小さく声をかけた。

信乃は、はい、と、冷たく返事をして、また拳銃に左手を戻す。

男は自分の身に何が起ころうとしていたかなど知らず、案内された木戸の向こうを横柄に、斜めに顎を突き出して指した。

「この部屋突っ切ったらすぐ廊下。左に曲がったら突き当たりに壁、右に折れる廊下があるけど、その壁は襖《ふすま》みたいに開くんや」

こうな？　と、男は木戸の上を指で進む方角をなぞってみせた。

「壁開けて、奥はまた部屋。もう一個。それを過ぎたらまた廊下。縁《えん》を降りたら左に蔵」

随分広い屋敷の、よりにもよって、一番奥の袋小路までよく逃げたと、男ではないが智重も少し感心した。

「鍵はないけど、どうもそこにおるらしい、っちゅう話や」

アホやなまったく。と、男はまだしつこく信乃を眺めているが、その《アホ》のせいで、随分助かっている。

まず、単独の犯人に有利な籠城戦に長けた蔵であること。ゆえに立てこもり犯に迂闊《うかつ》に手出しができないこと。それを当てにして男が大人しく立てこもっていること。窓は高く、入り口を見張れば逃亡の恐れがないこと。銃声が響いたところで、この屋敷の中から出さなければ、どうにかでも揉み消せること。

「拳銃《道具》を取り上げるまでが勝負だ」

片耳に押し込んだワイヤレスイヤホンをテープで留めながら智重は信乃に確認した。

流れてくる音声では、コンクリートマイク越し、通常の薬物使用所持並びに銃刀法違反の立てこもりに比べて、到底考えられない甘い懐柔の説得が、世間話のような閑院の声で、のんびりと続けられているようだ。

『――――このままじゃ生きて蔵から出ることはできないわ。安全に刑務所まで送り届けてあげるから出て来なさいよ。いいわよぉ？　刑務所。栄養のあるごはんが食べられるし、どうせ不健康な生活なんでしょ。ほんとはクスリもやめたいんじゃない？』

正常な判断ができれば、窮地の犯人には差し伸べられた神の手のはずだが、今のところ応じる様子はない。

かなり薬物を使っているらしいというから、一方的な話など聞こえていないかもしれない。場所が幸いし、最悪一度の発砲までは許してもいい。

逃走されず、死人怪我人が出ないなら御《おん》の字だ。

金を積み《敷地を貸してくれ》と依頼していても、そのまま警察に身柄を渡せば彼らの名折れだ。屋敷を出るまでに男に何があっても最終的に生きて渡してくれれば、自分たちは、目を瞑らなければならないだろう。

たとえ、そうして男の身柄を、辛うじてでも無事確保したとしても、ここの本家が黙っていないだろうからそれは全く別の話になるに違いなく、そのときは依頼者との話し合いに譲るしかないだろう。やはりそれも、生きていれば、という条件が絶対になってくるのだが。

はい、と、信乃が頷く。

男の未来に待ち受けているのは、死か、或いは死なない程度の袋だたきかだ。どちらかでしかないなら、袋だたきを選ぶ賢さが残っていればいいと思うとき。

「！」

「あーあ。発砲しちゃったよ～」

空に軽く響く銃声に、にやにやとしながら男が言う。

「――――行きます」

と、仕事へ神経を絞る、日頃にはない冷えた目で自分に了解をとる信乃に、いつも通り頷こうとしたが。

「……信乃」

腕を摑んだ自分を、信乃が怪訝《けげん》な顔で見る。

「何か」

命令を待つ声で信乃は言って自分をみつめたが。

「いや」

と、答えて智重は腕を離した。それになお不可思議な表情をした信乃は、ふと。

「骨に影響はありません。撃てます」

そう言われてはじめて、信乃が怪我をしたほうの腕を摑んでしまったのだと、思い出した。

返事をすることも出来ない自分に、少し寂しそうに軽く目を伏せる信乃が、思いなおすような息を小さくついて、まだ安全装置《セーフティ》のかかった銃を集中して握りなおした。

必ず帰ってこいと、怪我をするなと、信乃でなくともこの任務の中で口にするのは馬鹿げたことだ。

帰れる当てなど誰にもない。それでも祈ってやりたいと思っていたのに。

「怯えるな、信乃」

わざと突き放すような言葉を発した。

そう命じれば信乃は、どんな危険にも命を晒して立ち向かうだろう。信乃を追い詰める言葉だ。わかってはいるが。

「……はい」

噛みしめるような小さな声が確かに答える。

「行きます」

呪われたこの声帯も、この脳も、記憶も。

絶対に、無くしたくないものの無事を願うことは、取り残される自分には、許されてはいない。

犬の、犬たる貴重を以《もっ》て《犬》と成す。

「！」

火薬のにおい。一度発砲した相手を探すのは簡単だ。拳銃を捨てても手には必ず硝煙のにおいが残る。

「————！」

視線で智重に射撃範囲の外のラインを送って、自分もそれに紛れ込む。古い様式だったが美しく補修された、黒い本瓦屋根に白い漆喰が眩しい、大きな蔵だった。

『ごめんねー、撃たせちゃったわー』

　と、中に簡易スピーカーを投げ込んでいた閑院が、蔵の裏手から無線越しに話しかけてくる。

　娘の証言により、犯人はかなり錯乱していると予想されていて、説得どころか日常の会話さえ成り立たないと聞いていたのだから初めから期待はできなかった。

　嫌だ面倒だといいつつ、通常の交渉の担当もする閑院の交渉技術は確かだ。

『犯人は蔵の中。二階建ての一階にいるようね。ソナーをかけてみたけど土壁が厚すぎて、熱源特定が無理みたい。銃弾は、屋根に向けて発射されたみたいだけど、貫通せずにまだ、蔵の中よ。組が被疑者《ハマ》に売った拳銃はドイツ製ＣＲＳ《コピー》のＳ＆Ｗ９パラＭ３９１３と、Ｍ37エアウエイト。ただし、エアウエイトは南米製』

　両方紛《まが》いものには違いないが、ドイツ製のＣＲＳは本家を凌ぐ精度と聞いている。それに対して、Ｍ37は、ニューナンブのあとを継ぐ日本警察使用銃の紛いもので、いかにも本物と嘯《うそぶ》いて大量に密輸される南米製のそれらのほとんどは、ライフリングさえろくに刻まれていない粗悪品だ。

『お揃いね。当たらないわ。頑張って』

　と、閑院は言うけれど。

「M３９１３です、智重」

銃声を聞き分ければそれはエアウエイトでもその粗悪品でもなく、玄人《くろうと》の好む、精巧なドイツ製のコピーS＆Wだ。

『手が震えてれば同じよ』

と無責任に閑院は笑ったが、縦ブレ《ジャーキング》ならまだしも麻薬中毒症状によくある横ブレ《フリンチング》では下手《へた》に命中精度を上げるものかもしれなかった。

「はい」

『閃光弾《フラッシュバン》の許可が出たわ。使いなさい、信乃』

と答えて視線の端で智重を振り返るが。

「…………」

智重が頷かない。聞こえていないはずはない。

あらかじめ持たされたスプレー缶状の閃光弾をポーチから出して軽く示してみせても、頷かない。微かに躊躇《ためら》う。命令がなければ動けない。そのとき。

「音響手榴弾《スタングレネード》は使えないのか」

「智重」

無線越しの、意外な申し出に信乃は瞬いた。

確かに、人質もなく狭い場所に閉じこもっている犯人に対して、光と爆音で一時的に昏倒させられる音響手榴弾を使えば安全で素早いかもしれない。けれど、そう言うなら道具持ちとはいえ、正体のない単独犯を捕らえるリスクと天秤にかければ、こんな犯人ごときにそれを使うのは贅沢すぎると言われる立場だ。しかも。

無線に溜め息の気配が伝わった。

『……朝食のメニューは？　信乃』

不機嫌に問われて、信乃は黙った。智重が作った卵と鶏肉のホットサラダだ。けれど問われているのはそんなことではなくて。

『すでに一度発砲してんのよ？　一係の夢でも見てる？』

一度銃声が響いている。特殊なこの屋敷のことだが、故に確信的な警戒で通報は行っているはずだ。回線を一時的に桃原と黒田女史が横取りしているはずだが、スタングレネードの爆音が響いても目に見えるように警察が動かなければ、住民から交番に直接の通報が行くかもしれないし、最悪巡視中のパトカーなどが聞き咎《とが》めて駆けつけるかもしれない。

あくまで隠密がルールだ。一般の警察に露見した時点で自分たちの任務は失敗で、被害者は人生においての大きな被害にも遭う。智重の質問は、愚問以前の問題だった。

「……」

気配を殺して、中を覗く。

電灯のない蔵の中はかなり暗い。

中からは古物と黴《かび》のにおいを苛《さいな》むように立ち込める硝煙のにおいと、――――微かに脂肪の溶解臭の甘い、そして酸っぱい、覚醒剤ヘビーユーザー特有のにおいがする。

犯人がいるに間違いはなかった。

『信乃。投擲《とうてき》十秒後に突入。ロドプシン《視界》が再合成されるまで四十秒。アタリは？』

「入り口向かって左奥」

『十分ね。智重は援護を。銃にはサイレンサーを』

「はい」

と答えて、信乃は左腿のホルダーに下げていた固定刃《フィックスブレード》のダイバーナイフを抜いた。この狭さと障害物の多さでは、拳銃を翳《かざ》しての応戦は難しい。そして。

「……大丈夫です」

いやにナーバスな智重に、唇の動きだけでそう言った。昨夜、智重の腕の中で何かを口走っただろうかと思うが、彼の名前を呼びたがるこの唇を結ぶばかりに精一杯だったから、怪我の痛みなど訴えてはいないはずだ。傷は少し開いたが、血が滲《にじ》む程度だった。

「…………」

ナイフを握り直す。握力は一〇〇％と言いきれないがそれでもいつもどおり、これを扱えるくらいには十分回復している。

与えられた時間は三十秒。

息を細く吐いて、集中する。そのときだ。

「……あ」

斜め後ろに立っていた智重が、そっと手で、左目を塞いでくれる。暗い場所に突入し、視界を奪われないために片目を閉じる。特殊犯一係《SIT》上がりの智重一流の配慮だった。

智重にとって何でもないことだとしても、それが嬉しく、ありがとうございます、と、呟いてレバーのついた缶を取り出す。そして。

「……行きます」

と、智重に告げて、それを隙間《すきま》から奥に投げ込んだ。

信管遅延《タイムヒューズ》一秒半。閃光弾が炸裂《さくれつ》する、アルミ粉末が酸化する一瞬の、激しい擦過音に似た音がする。

「５・４・３・……、ＧＯ！」

圧力を持って弾《はじ》ける光が蔵の隙間から奔《ほとばし》るのに目を伏せて。

「！」

幸せな智重の手のひらを滑《なめ》らかにすり抜け、自分の戦場に斬りこむ。

閃光は数瞬で収まり、時間は三十五秒は楽にあった。

「……っ」

薄闇にクリアな左目に、右目を閉じて視界を明け渡す。右目の視野回復には十五秒あれば十分だ。

中は乱雑に様々な生活用品が詰め込まれていたが、隠れられるところなどしれている。

銃弾に当たらなければいい。触れられさえすれば取り押さえられると。

「！」

思ったときだった。

「ワあああアあッ！」

古箪笥《たんす》の陰で銃を構える男の姿を、信乃は見た。

視界は奪われているはずだ。けれど、当てずっぽうだというには、自分に定められている
銃口はあまりに確かで。

「っ！」

たまたま目を塞いでいたか、または蹲《うずくま》っていたかと、閃光弾の無意味を信乃は悟った。或いは薬の使いすぎで、受容感覚が激しく鈍化している可能性もあった。

「発砲しろ、信乃！」

背後から智重の声が響く。

「アンタはさがって！」

閃光弾は失敗だ。犯人には、明るい場所から飛び込んだ自分たちより確かな視界がある。

銃声を止めなければならなかった。背後には、智重がいる。

正中線に当たらなければよかった。脳、心臓と脊髄《せきずい》、その三つにさえ当たらなければ、あとは研究所がどうにかしてくれる。

「！」

二発目を許した。明後日《あさって》の方向に撃たれるその気配を追いもせず銃口を掴もうとした、それに指先は届かない。

「うわあああ！」

三発目の銃声が、防弾ベストのすぐ下、右脇腹を掠る。ダブルアクションのＭ３９１３は、一度重い引き金を破れば連射のできる、嫌な銃だった。

「く！」

飛び散る血飛沫《ちしぶき》を見ることもできない。銃口は胸にある。この至近距離ではベストは役にたたない。

それを、腹まで引き下げる距離が酷く長い。混乱した男は途方もない馬鹿力に感じられた。

「！」

間に合わない、と思う。銃口を下げさせない限り、絶対自分はこのラインを退かない。背後に智重がいる。

撃たれる、と、思う。同時に、動けなくなるまでに、どうにかして、拳銃を取り上げなければと。

「！」

撃たれる覚悟で、被疑者の手首の筋を切る判断をする。銃口を辛うじて、胃の下辺りまで押し下げて諦め、ダイバーナイフを握るそのとき。

「！」

急に後ろから、肩を摑まれた。振り返らず怒りでその名を呼ぼうとした。が、振り払われるように押し退けられる。瞬間。

「智重⁉」

泣きそうな思いで信乃は叫んだ。

齧りつくように犯人の手首を摑んだままだった。それでもまだ、自分が押し退けられて開いた射線に智重がいる。

銃声が響いた。

見開いて振り向く瞳に飛んだ血に、一瞬赤く染まる左目を瞬けもせず。

「智重えっ！」

「ッ！」

摑んだ手首に智重の手が重ねられる。智重の右腕の内側が見る間に赤く染まる。

二人がかりで犯人を捻《ひね》り落とし、床に押さえ込み、智重が銃を毟《むし》りとった。瞬間。

眼球から入った智重の血が、脳まで赤く染めたように視界が真っ赤になって。

「――――！」

犯人を殴りつけていた。撃たれた傷口から、腿までぬるく流れる血も感じられないほど強く。

「信乃！」

「だって、コイツはアンタを！」

腕を掴まれ、力任せに振り払おうとして。

「…………」

糸が切れたように呆然《ぼうぜん》とした。

喚く犯人の上に、馬乗りになったまま動けない。

犯人が泣き叫ぶ。意味のない獣じみた叫び。取り乱す名前の羅列。

その横で、瓷りとった拳銃のセーフティをかけ。

「……マル被を確保。応援願います」

喚く犯人と切り離されたような、静かな智重の声が聞こえる。

傷口を押さえることもできず、閑院たちが飛びこんでくるのを、朦朧《もうろう》と眺めた。

問い返してもまともに答えられそうにない男が裏返る声で喚き続けるのを、坂井がまた二度、頬《ほお》を強く殴りつけて黙らせ、

「罪状は、薬物使用、公務執行妨害、銃刀法違反、傷害。……作ってやらなくても十分だ

な」
忌々《いまいま》しげに手錠をかけた。

覆面の拘束車両が来た。撃たれた自分たちの元には、ワンボックスを模した医療車両が。その中で無線を聞けば、男は無事、然るべき場所《麻薬取締班》へ引き渡されたらしい。自分は智重とともにそのまま病院に放り込まれた。

本庁が寄越した拘束車両に、この家の者の手によって、更にぼこぼこに殴られた犯人を引き渡せば、あとは、自動的に相応しい罪状で飾り立てて、刑務所に放り込んでくれる。

随分重い刑になるだろうことは想像するまでもなかった。

麻薬、詐欺、拳銃所持と使用。それで二人を撃った。それに、これから嬉々《きき》として組が依頼主に行う恐喝と、それの対応を含む被害者が被《こうむ》らねばならない金銭被害、組へ支払う相場と丸の数が違う慰謝料と、今後この件について何らかの疑いがかかれば、それを揉み消すのにまた金がかかる。

だから、彼は刑務所という高い壁に守られるだけましだと思わなければならない。

そうでなければ。

「俺を庇うなんて、俺は何のためにいるんですか⁉」

自分が殺してしまうかもしれない、と、噴き出して抑えようがない感情で、あの男を憎むのを、そして自己嫌悪を信乃は止められない。

「何を考えてるんですか、アンタ！」

ベッドの横に立った智重の、片袖《かたそで》がないワイシャツの腹の辺りを、点滴がついた手にも構わず、摑んできつく問いかけた。点滴から抜けたチューブが床で輸液を撒《ま》き散らしながら跳ねるのを気にかけることもできなかった。

自分は、智重の盾だ。智重の武器だ。

盾を庇うなんてどうかしている。

「じゃあ、俺は何のために生まれてきたんですか！」

疎まれても、顧みられることがなくても。

寂しさと惨めさで心から先に、死んでしまいそうでも。

そんな誇りがあったから耐えられた。きっと、智重の盾になって死ぬ。智重を守る。

だから、《犬》としてしか扱ってくれない智重が嬉しかった。何だってしてした。智重の《犬》という誇りがあったからだ。

怪我も嬉しかった。どんな不安定な立場も蔑みも、智重の役に立てると思えば、怖いとも汚れたとも思わなかった。

そんな誇りだけが、自分を支えていたのに。

「なんで俺の場所を奪うんですか！」

最後の拠り所まで、智重は踏みにじる。

そこまで自分は頼りなかったか。智重に、自分でしたほうがマシだと思わせたか。

「どうして……っ……！」

叫んだ途端、失墜感を伴う暗く回転する目眩《めまい》がして、智重のシャツを摑んだまま、縋るように智重の固い腹に額を押しつけた。

銃口から自分を押し退けて、智重が怪我を負うなどと、決してあってはならないことだ。

智重の答えはない。

掠っただけで済んだという腕の治療を終え、酷く不機嫌に、自分の側にいるだけだ。

智重はいつも答えをくれない。

死ねと言われれば死ぬ。役立たずと罵られれば、どうにかして訓練をやり直し、改善してくれと研究所に泣きつくだろう。それさえも許してくれない。

こうして智重を摑んでも、智重を一番柔らかい場所に咥えてすべてを許しても、泣いて乞うても。

智重は自分に、何もくれない。

罵倒さえくれない智重に、摑む手の中のシャツすら悲しい気がして、離さねばならないのかと、無言のまま、孤独の檻《おり》に帰れという智重の命令に従おうとする。そこに。

「――お前は高額だ」

と。

「……」

求めたものが不意に与えられて、そのわからなさに、信乃は乱れた髪の隙間から、智重を見上げた。

「損害を出して行き場を失うわけにはいかない」

苦々しい溜め息で、智重は言う。

自分を側に置くのは任務なのだと。警察という、智重の世界から押しつけられた責任を、容易に失えばそれは智重の評価に繋がるのだと。

「…………」

俯いたまま、きつく強《こわ》ばった指をゆっくりと離した。

……それが答えだ。

解っていたはずだ。けれど。

智重にだけは、好かれても、嫌われてもいなかったとは、思いたくなかった。考えはしたが、逃げていた。自分がいなくなりそうで、怖かった。本当に、――怖かったのだ。

「そう……だったんですか」

寂しさか、虚しさか、よくわからなかった。

身体だけでも智重の側にいられる気がしたのも、みな気のせいで、自分は、やはり物で、

――面倒な貸与品でしかないと、智重は言う。

感情を除いてやろうかと言ってくれた一水の声を思い出した。拒んだはずのそれに甘えたい気がするほど、今まで起こったことまでをも遡《さかのぼ》って、何もかもが辛かった。

智重は、不機嫌を通り越して、嫌悪感を顕《あら》わにする目で自分を見ていた。酸のようなそれに晒され、痛みで皮膚が剝がれ落ちそうだった。

職務上の責任を守る智重の真面目さと優しさに甘えて。

どうして今まで自分は――――ここまで思い上がっていたのだろう。

「……」

もう、指一本、動かす方法がわからない。

途方に暮れすぎて、乾く瞳が眩《まぶ》しい病院のシーツを映す。そのときだ。

「失礼する。信乃はここか」

ノックをしながら、ドアを開けるのは。

智重が気まずそうな顔をした。自分は、安堵《あんど》より今は、気まずさと申し訳なさが勝って、まともに顔を見ることもできなかった。

彼は、当然のようにこの部屋に入ってきて、智重を見た。

「久しぶりだ。奥村智重くん。一水というんだが、覚えてるかな」

と言って、下腹あたりにつけられたまったく別の名前のプレートを、一水は軽くつまんだ。

若白髪のせいで年齢がわかりにくいが、髪の様子よりは年齢は随分若いと聞いている。ぶら下げたネクタイに皺だらけのシャツ、無精髭、試薬やカレーの染みがついた白衣を着て、病院という場所にいれば医師にしか見えないから、彼は堂々とこんな無茶をする。

「ええ、お久しぶりです」

それが嫌みだと気づかないほど、智重も鈍くはない。一水が自分に漏らすように、一度も自分の定期点検《メンテナンス》についてこない智重を、一水は暗に責めているのだ。

彼の後ろには看護師ではなく、スーツの男がついている。見たことがある、あれはボディーガードだ。

一水は、持ってきたカルテを眺め、そして、酷い顔をしているだろう自分を、眉根を寄せて眺めて。

「悪いが信乃は眠らせる。傷には強くできているから、他のダメージが余程酷くなければ、こうまで消耗しないはずなんだがな」

「一水先生」

大丈夫だと首を振っても、一水は自分を無視する。制作者の――人形師《一水》の命令は、契約者の次に――――管理者の智重より強い。

一水は、不機嫌なままの視線を智重に流して。

「心当たりはないか？　飼い主として」

かなり長期的で強いストレスがかかってるんだが、まさか虐待じゃねえだろうな、という、一水の言葉は笑顔の分毒が強い。そして。

「こういうのがある場合、あんまりこんなことにゃならねえんだが」

「……！」

見栄を張ったか、信乃。と、一水が触れてくるのは襟足の赤い痕だ。

誇らしいはずのそれも、智重の前では、智重に恥を掻かせてしまうようで辛いばかりで。

身体を硬くして俯いた。身の置き場がなかった。

そんな自分に一水は溜め息をついた。そして蔑《さげす》むような表情で智重を見てから。

「飼い主の選定には十分な配慮をと、頼んでおいたはずだが、人を見る目がないのかな河高《かわたか》さんは」

と、一水は懇意らしい警視総監の名を呼んだ。そして、自分の脇腹の手当の状態を軽く診て、いい子に寝てろよ？　と、研究所に帰っての治療を拒んだ自分に、宥めるように言ってから、立ち上がった。

そして、頭半分高い、智重を一度、頭からつま先までゆっくりと眺めてから。

「明後日、また信乃の様子を見に来る」

と言って、ベッドの側を一水は離れた。

「信乃が欲しがってるものを、たっぷり与えてやってくれ」

軽い怒りを滲ませて、一水は背を向ける。しかし。

そんなもの、与えられるはずがない。

それはエサでも贅沢でもない。些細《ささい》で、けれど、決して智重に与えられるはずもないものだ。

「……お大事に」

ドアの隙間から、視線だけでそんな言葉を低く言い残して、一水は出て行く。

そんな風に智重を責めても、智重が持ち合わせないものなのだから、与えられようがない。

床に血の付いた脱脂綿が転がっている。

「……」

部屋に二人きり、取り残される沈黙が辛い。

一水と入れ替わりに、看護師がやってきた。

看護師は、血の逆流したチューブを止め、消毒をして急いで付け替えてくれる。

一水が処方したのだろう安定剤のシリンジと、少し眠りますからね、と、言われて、もう一本、チューブの脇から注射を足された。

智重は、椅子に座って隣にいてくれる。心配などではない。飼い主として、傷が入った《犬》の容体を管理する必要があるからだ。

答えを貰った、というには、悲しい結末であるのに、酷く落ち着いた気分なのがおかしくて、信乃はそっと、笑いかけた。

「一水先生の言うことは、気にしないでください、智重」

一水は、子煩悩ならぬ《人形》煩悩だ。

自分の作った《人形》たちはみな自分の子も同然なのだと言って、立場も弁《わきま》えず、オーナーと対等に言い争うのだという噂を聞いたこともある。点検《メンテナンス》のために帰った研究所では、心配性の猫かわいがりだと、《犬》の自分を笑った研究員もいた。けれど。

自分に、《人》が与えた運命くらい、知っている。

「目が醒《さ》めたら……」

少し輪郭のにじみ出した視界をぼんやりと見ながら、虚ろに智重に笑いかけてみた。

「俺のこと、……一水先生に相談……してみますから」

自分の何が気に入らなかったのか、本当は今もよくわからない。

けれど、自分は智重の《犬》にしかなれないのだから、智重に拒否されれば、自分は生きてゆくことなどできない。

上手く《犬の在庫》があれば、交換してもらえるかもしれない。智重が直接報告しても無理だろうが、自分がもう絶対無理だと言い張れば、研究所は仕事のできない不良品として、研究所の責任で自分を回収してくれるかもしれない。新しく、智重が気に入る《犬》が、智重の側に配置されるかもしれない。

――――……

何か言いたい気がしたが、力の見あたらない心から、言葉を探せない。

智重に何を差し出しても、智重は気に入ってくれない。

どこか投げやりになりはじめる自分の命に執着が持てない。貴重ではない自分の存在は、智重という想いの外郭が消えればすぐに、空気との境を失って溶けて消えてゆくのが、虚しくも嬉しかった。

急速に意識が薄れてゆく。

涙を零《こぼ》してはならないと、遠く優しく奪い取られてゆく思考に思うけれど。

「…………」

酷い努力を必要とするそれができたかどうか。

眠りに落ちる信乃にはわからない。


窓硝子《ガラス》越しの、夕日の赤が、左目を透かしている。

眼球を透過し、直接網膜を焼く。

あの日もこんな赤だったと、過去の記憶に片足を搦《から》め捕られながら、智重はベッドの端に腰掛けて、眠る信乃をみつめていた。

端整な顔立ちだった。そう言うと、作り物だからだと信乃は苦笑いで答えるが、本当に美しいのはこの瞳が開いたときであるのだと、智重は思っている。

集中に澄み渡る、薄茶の瞳。陽に透かすと柔らかく光る、少し癖のある髪。

つい手を伸ばしたくなるそれを、握って堪《こら》えるのを覚えたのはいつだったか。

愛情を欲しがる真っ直ぐな瞳が辛かった。信乃が何を欲しがっているのかわかっていた。

それが徐々に諦めを覚え、慣れて一人で立つ。その様を見守るのも辛かった。そして、どこかで安堵してもいた。

自分の側で、自分がいなくても生きられる。自分にかかわらず、同じ部屋で暮らしていける。

与えてはやれない。そんなものは自分の中にあってはならない。あるなら、自分で潰して捨てるつもりでいるのに。

「……信乃」

微かな寝息が聞こえる。

陶器のような頬に手を伸ばす。深い眠りに落ちている信乃は、睫毛を揺らすこともない。

すすり泣く声に似た、掠れた吐息を浅く繰り返している。

目尻《めじり》に残る涙の痕を、そっと親指で拭《ぬぐ》ってやった。

手のひらに吸いつくような白い頬には、不思議なくらい血の気がない。

少しやつれて見えるのは、傷のせいではない。何でもないと信乃は首を振って踵《かかと》を引くけれど、枯れてゆく花のように、少しずつ信乃が衰弱してゆくのを最近感じていた。

部分的に犬の体質を持ち、任務上、脳の酷使に必要な栄養を補うため、信乃は信乃のために配合された総合サプリメントを摂取している。

だから、貧血など起こすはずがない、というのが一水から届けられる、飼い主へのカルテの中に記されていた。

原因があるとすれば、ストレスだと。物理的栄養や治療では補えない、決定的な何かが不足し、それが身体を蝕《むしば》み、変調を来《きた》していると、汚い文字のメモ書きには書かれていた。

カルテが自分の手元に届いていることを知らない信乃は、曖昧な不調を微笑みで伏せた。何ともありませんでしたと言って、いつもの距離を、賢くとった。

与えられたものをきちんと摂取し、体調を管理する。その上で起こる原因不明の不調は、自分のせいだと、信乃は思っているらしかった。

「……信乃」

——たくさん名前を呼んでやってくれ。

初めて信乃を渡された日、《犬》を飼う最も基本の心得だと、一水は言って、おずおずと自分を見る信乃を手渡してくれた。

——ミーハーだと、笑ってくれて構わない。もし君がつけなおしてくれるなら、それがいい。

カルテに記されたフルネームには、石凪信乃戍孝《もりたか》とあった。《南総里見八犬伝》の登場人物の名前だった。

警視庁では、信乃を備品としてしか扱わないから、管理番号は与えるが呼び名の命名などはしないと、命名権は自分に下った。だがそれを断わった。そんな信乃に、一水はそれでも愛情の籠《こ》もった名前をつけてくれたようだった。

それを信乃がどう思ったかは知らない。

関心がない振りをしたが、いい名前だと思っていた。その名は、静かで、端整で、柔らかくも凛《りん》とした、美しい信乃の様子に酷く似合っているような気がした。

出会った日の信乃は、艶《つや》やかな髪も、優しい色の目も花びらのような唇も、自分と出会う新しい喜びに満ちた瑞々《みずみず》しい表情をしていた。微かな傷一つない美しい身体をしていた。

——お前さんの愛情が栄養だ。

そう言われたときにどうして、自分には無理だと、答えなかったのだろう。

——初めまして、奥村……さん。

期待と幸せに満ちた、たどたどしい微笑み。

拒むつもりなら、心細く差し出される指を、どうして初めから振り払わなかったのだろう。

愛情などかけられるはずがない。名前など、呼べるはずがない。慈しめば彼らと同じように。

「信乃……」

信乃の怪我は内臓に届かず、傷よりむしろ身体の状態が悪いといって入院になった。

愛されないストレス。縋る腕を自ら切り落として諦める孤独。

なんでもないと、静かに首を振りながら蝕まれてゆく、信乃に手を伸ばしてやることはできない。

苦笑いが浮かびそうになった。

信乃が愛情を食べて生きているというなら、飼い主として、これ以上はない虐待を自分はしている。

信乃はもう望まない。与えられないことを知っているからだ。それでも信乃にかけられた《犬》の《犬》たる忠誠の刷り込みが信乃を蝕む。黙って餓えて、静かに死のうとする。

信乃が望まなくとも、信乃は自分に忠誠を誓わなければならない。守らなければ、役に立たなければという使命感が、思考より奥にある本能に植えつけられている。

血の溢《あふ》れる傷より深く、それは信乃を傷つけ続け、治療が必要なほどに弱らせた。無意識に憔悴《しょうすい》し、弱った信乃には、鎮静と深い眠りが必要で、こうして薬で眠らせなければならないほどに孤独に疲弊している。

深く、深く。夢も見ないほどに。苛まれて休むことすらもう自分ではできない信乃は、強引に鎮められている。だから。

「……信乃」

背を屈め、唇で髪に触れた。拭ってもまだ涙の痕が残る目許に。頬に。

「信乃」

動かない唇に。

聞こえていないなら、きっと呪いから逃れられる。――今だけは許される。

「信乃……」

愛《いと》おしく、呼んでやることができない。無防備に明け渡される視線を絡めれば、信乃に呪いが移ってしまいそうで、それも恐ろしかった。

想ってはならない。それが唯一、信乃を失わないための方法だ。

偶然だと、精神科医は言った。

呪いなど存在しないと。人を愛することは許されるのだと。それでも。

「――信乃……」

もしかしたら、と言う畏《おそ》れが自分を許さない。想像すら、その予感のようで、或いは呼び寄せる確定要素のようで恐ろしかった。

しっとりと手に馴染《なじ》む頬。閉じた濃い睫毛。微かに白く光る歯をのぞかせる乾いた唇。

この悲惨な状況が、唯一自分に許された黙認の瞬間のようで、智重は誘われるように、何度も唇を重ねながら。

「……」

愛している、と。

時間を止めたようなこの狭間《はざま》にも、音にして漏らすのは、恐ろしかった。

喪失の記憶には、いつもこの夕日のような赤がつきまとう。

それから逃げたくて、目を閉じても。

花びらのように冷えた唇の感触が。

「――……!」

再びの喪失を予感させて、どうしても智重に告白を許さない。

四日間の加療入院の、最後の診察を終えたあと、病院から職場に電話をし、かけた迷惑を信乃は詫びた。智重は先日の事件の事後処理に行っているらしく、タクシーで帰宅し、部屋に戻った。

「……」

スケジュールを確認してみると、智重は今夜、遅番のようだ。

マニュアル通り、盗聴器やカメラがないか、部屋の中を確認し、それから入院中の荷物をかたづける。キッチンで浄水器の水を飲み、リビングに戻って。

「…………」

ソファーにゆっくり身体を預けた。

泥沼のように、そのまま沈んでしまいそうな深い目眩に襲われながら、しばらく、動かないまま考えて。

信乃はローテーブルにあった黒いつや消しの携帯電話に手を伸ばした。

ロックを外し、ナンバーを指で辿《たど》る。コールの前に回線が切り替わるノイズが入るのは、それが特殊な回線である証《あかし》だった。

暫《しばら》く待って、回線が繋がる。

あいかわらずの、呑気《のんき》でだらしないいい声に、少しだけ、笑った。

どうした、と、優しい声が訊くのにすぐには答えられず。

『優しくしてもらったか？　信乃』

こちらを見透かすように尋ねられるのに。

「――――一水先生……」

声帯の使い方を忘れたような掠れた声が出た。

ご相談が、と、信乃は切り出した。智重の顔を見れば、決心が鈍りそうだった。

必死で考えたが、これよりいい案は浮かばなかった。悪化するだけだと知っているなら、できるだけ急がなければならなかった。

「研究所に……、帰りたいんですが」

誤魔化しようのない言葉で信乃は伝えた。

特殊な用途を持った《人形》が研究所に戻ったとしても、研究所は解剖以外、その使い道を持たない。特性はあるが細胞自体は普通だ。珍重もされない。

《人形》に欠陥があるならば、人形師は独断で契約者に対し、リコールを宣言することができる。

汎用性がある警視庁の《犬》には空きを作らないのが通常だ。だから、仲間はきっと用意されている。一水なら、自分と新しい《犬》を強引にでも取り替えることができる。

そう思って、電話をしたのに。

指示かと訊かれて、否定した。智重が悪いと誤解されるのは嫌だった。帰りたくなったと答えた。もうここは、この仕事は嫌だと言った。

一水は、しばらく黙って。

《三日後に、もう一度電話をしてこい、信乃》

不機嫌に、一言言って通話を切った。

頭を冷やせと、言われているのはわかった。けれど。

「……疲れたのに――――……」

携帯電話を握り締めた手を、目許に押し当てた。

状況は、改善しない。これから先も、自分のコンディションでいうなら酷くなるばかりだ。

もうどんな努力もできない。智重は自分を気に入らない。

それでも生きろというなら、感情を壊してもらうしかない。けれど、そうすれば想像や、推測の元になるマテリアルを自分は手放すことになり、《犬》として、格段に能力が落ちるだろう自分の行き着く先は、いずれ廃棄だ。

そしてどこかでわかっていた。

一水は、感情を壊してくれると言うけれど。

「智重……」

智重への想いだけでできているような自分のそれを砕けば、自分は死んでしまうことを。


『――飛び石連休後の五連休を明後日に控えた木曜日の成田空港は、海外へ向かう家族連れなどでごった返しています。手荷物検査場の待ち時間は二時間を越え、明日からのさらなる混雑が――』

「いいわねえ、海・外」

私は解剖室よ、きっと明日も。と、アフロの頭を軽く揺らして、頬杖の閑院がぎっしりと人で埋め尽くされたテレビの画面を眺めている。

「北海道行ってこい」

やる気のない声で坂井が、若い女性向けの料理雑誌を眺めながら仕方なく答えてやる。

「北海道もいいけど、南国がいいのよ」

「九州」

「せめてタヒチ」

と、口先で遊ぶのは簡単だが、この部署は最低人員で構成されている。解剖医と捜査官を兼任するなどどうかしていると閑院は不平を言うが、人手が足りないのだから仕方がない。

ここにいるのは総員ではないが、彼らの言うことが真実ならば、残りの人員は引きこもりすれすれの変人だということで、桃原係長が用事で呼び出さない限り、出勤してくることもなく電話がかかってくることもない。一人からは、毎日矢鱈《やたら》に冗長なメールが来るらしいが、それは桃原だけしか目にしないから、自分たちとはほぼ接触がないと言ってもいい。

そんな彼らは当てにできず、普段ならともかく、緊急事態《エマージェンシー》が起こっても交通混雑のためすぐに駆けつけられない大型連休中は、有休を取ったとしても準待機だ。バカンスには行けない。

「……」

智重は何処《どこ》に行きたいのだろうと、デスクに座り、パソコンで報告書を作っていた信乃は思った。

智重のことは、ほとんど知らない。

前科者と警察、大企業に関わる要人についてのデータは、研究所で音声に変換されたデータを聞くことで、ほぼ全てを網羅している。

が、特殊急襲部隊《SAT》をはじめ、機密が重んじられるデータについては事件が発生してからしか、その詳しいものは自分には渡されない。

この部屋のみんなもそうだ。名前と年齢、家族構成程度は判明しても、略歴や詳細な過去の記録については、ずっと警察関係に勤務しているにもかかわらず、一切明かされていない。公表している項目も当然偽装かもしれない。智重ですら、前任が特殊犯捜査係《SIT》であり、その同僚に香原がいたこと程度しかわからないのだ。その香原にもプロテクトがかけられて、得られる情報はほんの僅《わず》かだった。

訳ありというなら、皆、訳ありすぎる。

重い秘密を打ち明けられない分、気が楽ではあったけれど。

小さく溜め息をついて、また、信乃はキーボードに指を走らせる。

料理が上手くて、風呂好き。クロークの奥にスノーボードを見つけた。ハーゲンダッツは抹茶しか買わず、ただし限定品は取りあえずすべて一度は食べる、ということくらいしか、智重のことを知らない。

智重の側に置かれて二年近くにもなるのに、と、寂しく思いながら、また止まってしまっていた指に気づき、打ち始めようとしたとき。

「ねえ、信乃は何処に行きたい？」

と、閑院が、からりとした声で急に問うから。上手い言葉を考えられずに。

「……遠くに」

と、答えた。針金人形のように細身の身体を捻った閑院は低いパーテーションに肘をついて、長身の広い肩を乗り出したまま、首だけで振り返って。

「智重、信乃は海外旅行希望だってよ？」

連れてってやんなさいよ、有休あるでしょ、と、状況を知っているくせに言う。

智重は少し閑院を見たが、また無言でテレビに視線を戻した。

智重がこんなにテレビを見るのは、ここにいる間だけだ。家でもテレビをつけるけれど、ほとんどニュースを、ラジオ代わりにしているだけだ。

知りたいのはそんなことではなく、行きたいのはここから離れた場所ではない。

智重から見えないどこか遠く。具体的に言えば研究所で、けれど、電話の様子からすれば、一水の説得は自分には難しそうだった。

智重はきっと、そんなことは言ってくれない。どれほど自分を突き返したいと願っていようが、我慢できる範囲であれば、自分の評価が下がるようなことはしないだろう。

――――行き場を失うわけにはいかない。

自分を管理するのも、智重の任務だからだ。

「アンタたち、ほんと無口ね、どんな暗い家庭なの」

見なさい、あの理想的にまで浮かれた家族を。と、テレビの中でインタビューに答える、大型ハードケースを幾つも持った家族連れを指す。そのとき。

すぐ側のドアが開いて、桃原が入ってきた。

手に持った封筒を見て、閑院が嫌な顔をする。坂井も、雑誌を捲《めく》る手を止めた。

桃原は、開けた入り口ドアに肩で凭《もた》れ、立ち止まって。

「五月を目前にしたこの晴れやかな日に、大変遺憾、且つ申し訳ない、諸君」

と、悪びれもせず、桃原はその封筒を掲げた。

「――――スキャンダルだ」


「やっとまともなスキャンダルね」

と、セダンの天井にアフロの天辺《てっぺん》を擦《す》りつけながら、運転席の閑院が言う。

「最近痴話喧嘩《げんか》の仲裁ばっかりだったもの」

というにはあまりに物騒な事件続きではあったが、一言で言うなれば、やはりそれは色恋絡みと括《くく》るしかなかった。

自分たちへの指令は、一課に所属でありながら、刑事部すら通らない。警視総監から直接下りてくるという話だが、事実は桃原係長しか知らない。いずれ最低人員の耳にしか入れたがらないのは内容的に当然だったが。

「信乃。データ頂戴」

といつものように命じられて、信乃は開くのを忘れそうになりそうな唇を動かした。

「加納幸久《かのうゆきひさ》、二十九歳。横須賀市生まれ、東大経済学研究科卒後、外務省大臣官房総務課付きになり、被害者《ガイシャ》の秘書三年目です。前科無し。詳しいデータは連絡待ちです」

「あら、後輩じゃない」

「若いな」

と言うのは、助手席の坂井だ。さすがにエプロンははずしている。本人曰く、飲食物や筆記道具でスーツが汚れるのが嫌らしい。だから内勤のときはほぼ一日中、閑院のプレゼントのピンクのエプロンをかけている。

「そうですね」

と、珍しく答えたのが智重だった。

「単独犯ですか？」

不審を感じるときだけ口を開く、智重の声を、閑院は大切にしているようだった。

「今のところガイシャからの申告はそう。あくまでこれは申告であって、ガイシャの希望、或いは、管理不足、または偽証かもしれないけど」

「被害物の内容は」

「『紙』としか」

ありがちね。と、閑院は溜め息をつく。

依頼をしたのは外務省要職の竹田《たけだ》という男だ。

外部に漏れてはならない文書が、秘書の手で盗難に遭ったという。

任務は当然、その秘書の身柄を確保し、秘密裏に文書を取り戻すことだ。

これほどデータ化された社会だ。契約書さえデータで交わされることが増えた現代になって、わざわざ紙で保管しているということは、それは現物限りでなければ困る文書だ。

言い訳無く唯一と言い張れるものでなければならず、そしてそれが紛れもない証拠として裏切り防止の役目も果たさなければならない。改竄《かいざん》の許されない、何らかの念書や契約書類の原本、とみるのが妥当か。

ここに仕事が回されてくるということは、上層部はその内容を知っているのだろう。或いは、場合によっては、もっと重要な誰かの名が、自筆署名で記されているのかもしれなかった。

ともかく、内容は何にしろ、それを取り戻し、秘書の身柄を確保しなければならない。それが任務だ。しかし。

「……若すぎるな」

と、智重は繰り返した。

「確かにね。でもあり得ない年齢じゃないでしょ」

智重の言うとおり、文書の偽造や横領の犯罪者の平均年齢よりも、加納はずいぶんと若い、どころか、一般の文書犯罪の平均年齢にすればかなり若く、公的文書犯罪ともなれば、最年少に近い部類だ。

「被疑者の目的と、取引相手の目星は、文書の内容がわからなければ、見当がつかないんじゃないのか」

そんな坂井の質問は、捜査会議の段階で行われるのが他部署の常だが、火急が常のスキャンダル課だ。少数をいいことに、車内で読めと資料文書を持たされ、追加はデジタル警察無線で知らされる。会議は車内で行われるのが、ここの通例だ。坂井を空港に送る時間をも無駄にはできない。

「そこは互いに妥協しなきゃ」

しくじれば一係が出てくればいいのよ。と、依頼主《被害者》がそれをスキャンダルだと認識しなければ、正々堂々と表向きの部署に任せて、税金でも人員でも注ぎこめばいいと、閑院は言う。

エグゼクティブクラスからの特別な依頼があって初めて、スキャンダル課は動くのだ。彼ら自身が後ろめたくない事件なら、自分たちが陰で這《は》いまわる必要もない。自分たちは、彼らの協力と要求の範囲でしか動くことができない。

「文書の内容は秘密。ただし、取引先と予想される人物リストの開示はあり。ここまで教えてくれれば文書の内容はおよそ想像がつくんだから、潔く喋《しゃべ》っちゃえばいいのにね」

と言って、閑院は、今から行く先よ、と、メモ紙を取りだした。

見ていい、と、四点バケットシート越しに、指で挟んで軽く翳されるそれに、信乃はポケットから取り出した眼鏡をかける。動くものはよく見えるが、何もなければ近視なのが犬の眼だ。信乃はセルフレームの眼鏡の奥で瞬いた。

「多い……ですね」

「増員が来るかどうかは検討中だけど、急ぎの用じゃないし」

目的の文書を手に入れたところで、即日動かないのが文書犯罪の特徴だ。秘密裏に水面下を流れ、渡す人物を慎重に選定してから、取引し、音もなく暗闇を渡り、ここぞというときに虚を衝く場所で浮上してくる。

そのときまでに押さえればいいというのが今回の任務だから、長期戦になる可能性もあり、先日の事件のように秒針で削られるような、息もできない短距離競走には、きっとならない。だから。

「多分来ないわね」

と、期限は次のスキャンダル事件までであることを閑院は言った。

明日かもしれないし、三ヶ月先かもしれない。解決前に犯人《ホシ》が挙がらなければ自動的に文書犯を担当する係を持つ二課、或いは窃盗犯係の三課に引き継ぎなのだから、依頼人《ガイシャ》は天運に賭《か》け、自分の日頃の行いに怯えて祈るしかない。

「かなり分散してますね」

独り言のような声音《こわね》で、信乃は呟いた。

会わなければならない人物は、東京の被害者を除き、千葉に部屋を持っている被疑者、埼玉に住所を持つ環境省職員が二名、あとは大学教授の肩書きを持つ者が二名、広島と鳥取だ。

「参考人の共通点を、信乃」

「……原発関係者」

と答えたのは、智重だった。

「あら。知ってたの？」

と訊くところをみれば、閑院もそれを知っていたようだ。

「私もそれが一番に浮かんだわ。笹本《ささもと》、っていう教授を知らないけど？」

「前科がありませんし、公人ではないので、論文データしかありませんが……」

と、これを間違えていたら、自分は本当に何の役にも立てないと思いながら、信乃は口にする。

「二人とも、核廃棄物と、プルトニウムとウランの論文を専門に書いています。ただ」

わからないのは。

「大原《おおはら》教授は原発推進派ですが、笹本教授は論文をみるかぎり、反対派です。依頼人《ガイシャ》の竹田は反対の所信表明をしています。環境省の二名は木ノ原《きのはら》が賛成、津島《つしま》は反対です」

「お手打ち書ね」

と、閑院が言うのに、事件じゃない、と、智重が呟く。

すべて原発関係者で、反対と賛成が約半数ずつだ。

以前彼らの間で何らかの意見交換が持たれ、大きく原発建造の方向に動いても困る、かといって、建造の可能性が完全に潰れてしまっても困る――すなわち今は作らないが、将来的な可能性を否定してしまわない――現状を維持するための、協定書だったと思えばつじつまは合わないか。

もしそんな物が存在して、公になれば、反対派からも賛成派からも、全員袋だたき間違いなしだ。表向き、壮絶な対立をしている彼らの茶番のシナリオが露見すれば、国民は誰を信用していいのか、わからなくなる。

当然、流出させた竹田は、四名の関係者の一生も肩書きも潰すことになる。審議官の肩書を持つ竹田でもある。下手をすれば、国際問題だ。

各々には彼らを個人的に潰したいだろう強烈な反対者がいて、その文書が誰かの手に渡れば、そこから芋蔓《いもづる》式だ。どう転んだところで、外部に漏れればひとり残らず失脚は免れないだろう。

「これから係長《ダンナ》と坂井が手分けして広島、鳥取。私たちはまず、ガイシャの事情聴取と加納の自宅を家宅捜索《ウチコミ》」

とまで言って、閑院は無線のスピーカーボタンを押した。

飛び込んでくるのは、交通無線の音声だ。

「当て逃げ容疑を掛けて、検問とNシステムで逃走車両を捜索中。高飛び防止のため、国際線は止めてもらって、羽田には警備員が」

あんまり期待してないけど。と、出発前のあの混雑の映像を思い出したらしい閑院は、うんざりと言った。そして。

「そう、あなたの言った通りよ、智重」

と、高速道路のインターでウインカーを上げながら、閑院は言った。

「まだ事件は起こってないの。《あってはならない何らかの文書が盗まれた》、なんて、家出人捜しと一緒よ」

加納という男の部屋はわりと独特だった。

竹田から連絡済みで、管理人に部屋は開けてもらえたが。

沈鬱《ちんうつ》な不安に駆られるまま、後回しにするかと訊きかけて、智重が迷わず白い手袋を嵌《は》めるのに、信乃は仕方なく、耳に無線イヤホンを押しこめてから自分も手袋を嵌める。

『――あなたの秘書の加納氏を捜すにしても、ヒント無しで闇雲に捜したって、絶対見つかるわけないのね？　それがもしも竹田サンのへんてこな領収書なら、暴力団《マルB》方面、解雇通達なら樹海方面、女へのラブレターならメディア方面。特に週刊明朝』

と言うのは、外交成績の上がらない竹田を目の仇《かたき》的にねちねちと叩き続けている一般週刊誌だ。

坂井を送ったあと、レンタカーで別れた閑院は、被害者の竹田の自宅に事情聴取に行っている。要所要所でこうして音声が垂れ流されてくるのだ。それに竹田は呻くような声で。

『紙の内容が何であろうが、私が捜してくれといっているのは、まず加納本人だ。紙は必ずアイツが持っている。まず加納を捜してくれ』

『だから、その加納氏を捜すために、紙の内容を知りたいんですが』

賄賂《わいろ》か横流しかを教えてくれたら、金額はどうでもいいわ。と、イライラしはじめると口調がタメ口になってくる閑院は、

「時間がかかるな」

前置きもなく、一旦無線を閉ざした。堂々巡りらしい。

「どっちですか」

と、信乃は、沈んだ声で訊いた。

捜査を要請するくせに協力はしない竹田。そして。

「どっちもだ」

だから競争しようという明るい気持ちになれないところが、加納の部屋のすごいところだと、信乃は思う。

床がなかった。といっても、踏むところはある、というか踏まなければ何もできない。

加納の部屋は一面の物で埋もれている。

脱ぎ散らかして潰れたワイシャツ、雑誌、走り書きの紙、切り抜き、古い鞄《かばん》、踏みつけられたジャケット、通信販売の段ボール、潰れたティッシュの箱、パソコン部品の空き箱、靴下、ドリンクの空き瓶、コンビニの袋、手鏡、本屋の紙袋、雑誌の付録らしい謎の部品、宅配便の包装紙、ビデオテープ、懐中電灯、破れた布団圧縮袋、新聞、中古CD。床上三十センチに平らに堆積《たいせき》され、段差で雪崩《なだれ》が起きている内開きの玄関ドアは、全開にはできない。

靴は多分、その下に埋もれている。

まさに堆積、という状況だ。上に平らに重ねて行くまま、決して過去は掘り返さない。重ね置き、崩れ、その上にまた積む。また崩れて重ねられる。縦に部屋を断裁すれば、きっと地層が出来ている。

ベージュのカーテンが閉め切られた六畳の部屋だった。あまりにも散らかりすぎていて、和室か洋室なのかも謎《なぞ》だった。畳もフローリングも全く見えないのだ。地中三十センチに埋もれている。

この中から、当てもない手がかりを探し出せといわれても、例えば暗証番号らしき一片の紙切れを探すのに、どれほど時間がかかるだろう。

最近のことならば、地表付近にあるのだろうが、と、無意識にこの状況に順応しようとする自分をどこかいじましく思いながら、部屋の中央に置かれた脚の埋もれたローデスクの上から、落ちないギリギリのバランスで迫《せ》り出している厚さ十センチの堆積物を眺めるだけで、ため息が出そうだ。

「……」

人質などが取られていないから、こんな悠長なことができるのだと、それを支えに信乃は、一番上に置かれていた老舗《しにせ》の科学雑誌に仕方なく手を伸ばした。物を動かすと埃《ほこり》でくしゃみが出そうだった。

一番最初に、この部屋の様子は写真に収めて全体的な観察も済ませたから、今後の家宅捜索の可能性に備え、おおざっぱに分類して整理してゆく。

「専門書が多いですね」

ざっと見ても、英語論文から、ＷＨＯや気候変動枠組条約締約国会議《COP》の記録書、子ども向けの科学雑誌、NPOの活動記録報告書までが無秩序に置かれている。積み重なるチラシやメモ書、ギターのスコアの間に週刊誌が混じり、筆記用具が発掘される。

本についていえば多趣味だった。特徴といえば、環境と科学に関するものが多い、ということくらいか。それも加納の職業上、必要な知識であったのだろうから、別に不審な点はない。

「移りますか？　智重」

当てもないここを漁って、あとから所轄に迷惑顔をされるより、木ノ原、津島に犯人との関連を訊き、それを篠宮《しのみや》という引きこもり分析官にプロファイリングさせて、犯人像と、予想される犯人の行く先を絞り込んだほうがいいのではないか。だが。

「いや」

と答えながら、智重は床の堆積物を捲る作業を止めようとしない。

が、何を見つけたわけでもないらしい。

本当にゆっくり捜査をするつもりなのかと、確かに緊急ではない今回の事件を思いながら、作業に戻ろうとするとき。

「……傷は。信乃」

と、問われて、信乃は一瞬手を止め、緩く笑った。

「もう、完治です。元々皮だけでしたから」

黙々と作業をする智重に答えた。

昨日、ベッドで自分の傷を確かめていた智重は知っているはずだ。あれほど乱暴に抱いて、こうして仕事ができているのだから、疑うまでもない。

「智重は？」

と、許されたような気がして何となく嬉しく、訊いてみた。智重の右腕にある瘡蓋になった傷は、いつでも自分の怒りを掘り起こしたが、痛ましいその黒い傷の下で智重の新しい皮膚が再生されているのだと思うと、何よりも愛おしく思える場所でもあった。

犬が傷を舐《な》めるように手のひらで撫でて庇い続けた。理由が何であれ、自分の為だと思うと、泣きたいほど嬉しかった。

智重からの返事はなかった。いつだって、それが答えだ。

諦めることにも慣れた。悲しくはもうない。

だからついでに、ここ数日、訊きあぐねていたことを信乃は思い切って口にする。

「一水先生に、《犬》の交換を申し出てみました。今までの俺の捜査記録や知識とノウハウは、データとして研究所に溜《たま》っていますから、新人が来ても迷惑はかけません」

何も教えなくても、来た日からいきなり仕事ができるのが自分たちの利点でもある。それが、突然の殉職前提で作られる自分たちには必須の特徴だ。

「でも、一水先生は受け付けてくれないんです。どうしてもというなら智重から、と」

決心は変わらないのだと、あれからも二度、一水に電話をした。だが、一水は、お前は不良品ではないと言うばかりで、どうしても廃棄を望むなら、契約者である警視総監か、管理人である智重から申し出てもらえといって取り合ってくれなかった。

警視総監は自分が直接口を利ける場所にはいない。ましてや会うことができても、盾という役割さえ果たすことができるなら、危険物の入れ替えは可能な限り避けたいと判断するだろう。事情や環境を察することなく、与えたという事実により、使えない道具でも確実にそれを使いこなせと無茶を言う、使えなければ一行の事実だけを見て現場を無能と責める。それが上層部だ。取りあえずでも不自由なく動く《犬》に不服を言う智重の贅沢に対してマイナス評価がついてしまうかもしれない。そもそも我が儘にも聞こえるそれを、聞いてすらくれないかもしれない。彼らには内面的な事情など関係ないのだ。

現実的なのは、智重の申告だ。

智重から一水に。そして一水からリコールを。

それ以外というなら、本当に殉職しか、智重の側を離れる方法が思いつかない。

どうせ自分たちは物だ。気に入らないなら買い換えてくれればいいのにと、八つ当たりじみた自暴自棄の考えが浮かぶ。

返事がないことは、わかっていた。

ただ一瞬、嫌悪の視線を寄越されて、しかしもう譲れないのだと、目を逸《そ》らす。

今も智重を慕っている。けれど、自分にだって耐えがたいほど辛いことくらいあるのだ。

机の端に分類して積み上げる、書籍、紙類、雑貨、その他。

同じように床に小さな山を築きはじめた智重を見てふと。

「……」

違和感を覚えて、信乃は手を止めた。

不審な物は、今のところ何も出ていない。

科学系の雑誌、ノート、一般雑誌。バイクの雑誌、マンガ、専門書、空のボールペン。

メモ書にも、怪しいものはなく、密会現場を知らせるような走り書きもまだ見つからない。

まだ十分の一も片付いていない机の上の違和感。智重もこの机の上を見ている。

「智重、何か……。……？」

おかしくはないかと、上げかけた手袋の指先に光る物が付着している。硝子の破片だ。

机の横でグラスか何かを割った形跡があった。

否、よく見れば、グラスというにはかなり厚い。花瓶か何かだろうかと思うが、床にある破片には蓋の溝と思《おぼ》しき筋が走っている。瓶、にしてもかなり大きめだ。食品容器のようでもある。

「変だな」

と言う智重は、すでに無線を腰から引き出している。具体的に何がおかしいか、机の上に並べられたものを見据えたままの智重に、居場所がおかしい、と、言われてみつめなおす。

積み上げられた本、紙類。市販のビタミン剤の瓶、倒れたペン立て、ハンドクリーム、病院の風邪薬の空き袋、ハサミ、アルミホイル、使いかけの香水瓶、筆記用具の束、剝《む》き出しのCD-ROM、T字剃刀《かみそり》のカラ、のりと綿棒。

「この部屋にはいくつかの約束事がある。反する物が一つ。いや、二つ、か」

「あ」

思わずそれを手に取る自分の目の前で、智重が閑院を無線で呼ぶ。智重は繋がる音だけを聞いて、いきなり切り出した。

「本当に加納が持っているのは書類だけか」

『さすが元特捜四係の犬。鼻がいいわね。何が出たの？』

と答えるところをみると、閑院も何かを引きずり出したようだ。

「アルミホイルと硝子瓶」

恐ろしく乱雑で無秩序にみえる海原のようなこの部屋には、厳格な決まりごとがいくつかある。

一つは、この部屋では眠らない癖が加納にはある。横になるスペースと、この朝夕の気温差が激しい季節に上掛け、もしくはそれを補うだけの洋服などの布類が見当たらない。一度でも寝たなら加納は多分それを片づけない。

一つは、この部屋では、飲食はされない。これだけ乱雑であるというのに、弁当のケース、食べかす、カップ、使い捨てを含む食器、菓子の包装、割り箸《ばし》類が一切発見されない。ただ、ペットボトル飲料と栄養ドリンクだけは例外で、この部屋を探せば優に百本近く見つかるだろう。

存在して許される物、許されない物。雑多を極めたこの部屋で、加納のルールは、神経質なほどに厳格だ。

そのルールに則《のっと》るとするならば、アルミホイルと硝子瓶はキッチンにあるべきものだ。

『こっちも出たわ。《加納だけでは何もできない》よ』

共犯者が動かなければ、何もできないということだ。だから、捜査がこれほど悠長でいいというのだろう。しかも、縋るべき自分たち相手に大上段に構えても、加納が接触する誰かのところで必ず加納は捕まると踏んでいるのだから、《紙》の内容を知らせたがらないのも道理だ。

一旦合流しましょうか、と、溜め息混じりの閑院の声が聞こえたときだ。

無線の向こうで携帯電話が鳴る音が聞こえた。しばらくの通話のあと。

『そこは確保よ、智重』

深刻な、閑院の声が響く。

『――鳥取の笹本教授が縊頸《いっけい》――自宅で首を吊《つ》っていたそうよ』

「死んだほうがマシ、っての乗り越えて、人間、生きてるわけじゃない」

と、再会した閑院が、アフロの頭をぽんぽんと軽く叩きながら車に近づいてくるのを、釈然としない思いで、信乃は後部座席に埋もれるように凭れて眺めている。

「その一線を簡単に越えさせるような《お手紙》って、何なのかしらね」

と、暗く溜め息をつく。五係《あのへや》にいる人間には多かれ少なかれ、死んだほうがマシな、あるいは、生きているには十分後ろめたい過去があるらしい。

「人間、生きてナンボよねえ？　智重」

過去の智重についても、何かを知っているらしい閑院はそう言って助手席に乗り込んだ。

「竹田は」

「大介《だいすけ》が来たわ。大介不調だから殺さなきゃいいけど」

と、閑院の問いを無視して問い返す智重に、閑院はそう言って溜め息をついている。

閑院が大介と呼ぶのは大城戸祐介という男で、つい最近五係に復職したばかりの男だ。

自分が着任してから、二度出勤してきたことがあるが、学生のように若く、何もかもが鈍く、酷く陰気な男だ。ゆらゆらとあちこちを見る視線は決して合わず、両手にも、パーカのポケットにも携帯ゲーム機が刺さっていて、電子音が不協和音を重ねていた。

《謡《うた》わせの大介》という異名があるほど、自白や供述を取るのに長けた男らしいが、スキャンダル課に在籍しているからには、訳ありの一品であるには違いない。確かに、見るからに付き合うのが難しそうな男ではあったが。

いよいよ人手不足ね、と、溜め息をつきながら閑院が言う。

二件目の自殺が起きたのだから、同意するしか他になかった。

環境省職員で議員の、木ノ原は拳銃自殺だった。

二人とも、同じ内容と思しき紙を焼き捨てたあと、その灰を揉み潰し、木ノ原は高層ビルの窓から捨てた形跡があった。遺書がないのも共通だった。窓枠に残った灰は鑑定のため採取している。

状況を見る限り、他殺の線はなく、時間を示し合わせた様子でもない。

事件はまだ、起こっていない。今の段階ではまだ、あくまで、所轄すら相手にしない《紙》の窃盗と二件の自殺だけだ。ただ。

「加納はガチね」

シートベルトを締めながら、閑院が言う。運転は智重だ。

「津島に行きたい」

と、智重が言う。自殺の現場に行って出る証拠より、今は警護を兼ね、同じ内容の文書を持っているかもしれない、津島を保護するべきだというのが、智重の考えだ。

「警察は後手がセオリー、と言いたいところだけど」

と、まだ起こっていない犯罪に手を出すことができないのが、警察の公平で、そして歯がゆいところだ。

「うちは治外法権だし」

と、まだ今のところ、具体的な関連性を見出《みいだ》せない津島の元へ向かうのを、閑院は許した。

笹本、木ノ原両名の共通点は、いずれも原発関係者、というだけだ。一人は行政担当、一人は核物質を研究していた大学教授で研究員だ。写真などで互いの顔などを見知っている可能性はあったが、同じ学会に出る可能性も低かった。

この自殺に於いて繋がるところといえば。

「どうして加納は、彼らを訪れたんでしょう」

笹本は一昨日、木ノ原は昨日の夜、加納の訪問を受けている。

加納が単身脅迫に来たとするなら、彼らの力なら、加納を外に出さないことくらい簡単なはずだ。逃走中なら足がつきにくいから尚更《なおさら》だった。

笹本は、勤務する原子力発電所内の研究所の中にいた。木ノ原は、自殺したビルのまさにあの部屋にいたのだから、加納の口を封じることならいくらでもできたはずだ。最悪の選択だが、加納と面会したときの木ノ原は、すでに、自殺に使った実弾入り拳銃を持っていたのだから、自分が死ぬくらいならと、加納を射殺することもできた。

「利害関係にあったとするなら、死ぬ必要はないのよね」

共犯であっても、同じ利益を握る立場であっても、加納の脅しによって命を絶つ必要はない。よしんば敵対関係にあったとするなら、断われば、犯罪実行の意思がある言質《げんち》を取ったも同然だ。加納の不利だ。やはり自殺をする理由がない。

原発絡みで脅されたかと思ったが、笹本はずっと以前からの反対派で、木ノ原は、温暖化を止めるためには今すぐ日本中の発電をすべて原発に切り替えるしかないと訴えるほどの強硬派だ。ここに、加納というジョイントを塡《は》め込んでも上手く繋がらない。

「大介のゲロを待つしかないか……」

と言って、閑院がアフロを掻くと髪がモサモサと揺れた。

「係長《ダンナ》たちは広島に向かうそうよ」

私たちやっぱり、木ノ原の現場行っとく？　と訊く閑院の声と同時に、無線が入った。

「……はい、奥村」

答えると、『ハイそちらイヤホン』、と、誰にも聞かせるなと、暗号が送られてくるが、今一瞬隠したとしても、今度は智重から説明しなくてはならないし、イヤホンから漏れる程度の音量なら、犬並の機能を持った信乃の耳は聞き分けてしまう。

智重は、どうぞと、了承の答えを返すがイヤホンは放りっぱなしだ。

放火予告があったから、警邏と注意、として差し向けた所轄からの報告だった。手の回らない津島には、津島宅に匿名の放火予告があったとして所轄に張り込みをさせていたのだ。

『津島氏ですが、今朝から行方がしれません。まだ、捜索願は出されていませんが』

捜査員が行きそうなところを捜しているようですと、一人暮らしの津島に向かってそんな悠長なことを巡査と名乗った男は言う。本当のことは言えないから、仕方がない。そして、ただ、と、男は継いで。

『早朝、《加納》と、インターホンで名乗ったスーツ姿の若い男が会いに来たそうです。玄関先で少し話して、男が先に帰り、それからしばらくしてから一人で家を出たらしい、と』

三人目だ、と。思う。だが、まだ犯罪ではない。

「足取りは」

『わかりません、自家用車で出かけ、東京方面に向かったようだ、としか』

「わかった。放火を引き続き警戒。生命の危険がある。津島にも、ひき逃げ容疑を掛けて捜索してくれ。根拠は車種。津島自身に掛けるのは禁止だ」

まだ、まったく無関係の可能性も大きいし、津島が被害者である可能性も高い。彼を懸命に探していると本人に知れたら、もし本当に、深い関連性があれば、津島は逃亡してしまうかもしれない。

そして、恐ろしいことに、津島の名前が挙がった根拠は竹田の口述のみで、津島を発見したからといって、津島に何を尋ねていいのかも、今の段階でははっきりとわからないのだ。

無線の向こうは了解、と答えて切った。

黙って聞いていた閑院が肩で溜め息をつく。

「さて。手詰まり。もう一回、各現場を洗いましょうか」

行って頂戴、智重。と、促すのに、智重が車を発進させる。

「……」

その後ろの窓から、後方に流れて行く知らない景色をぼんやりと眺めながら、どうにも散漫な思考を掻き集めようと、信乃は努力していた。

二人も人が死んでいるというのに、どこか危機感がない。偶然か、ただの揉め事の結果の自殺のようにしか、思えない。

いつもに比べ、与えられた時間が長い、というだけではないと思う。

全体像が霞《かす》んでいるのだ。やはり、あの紙の内容が判明しなければ、動機も行動も想像がつかない気がする。否。

「…………」

軽く、鼻をすすって、信乃は取り出した眼鏡をかける。

――中途半端な明るさの空に、模型のような飛行機が浮かんでいるのが見える。

あの《紙》に焦点を合わせるから、見えないものがあるのではないか。飛行機を見上げれば地上の景色を記憶できないように、見るべきものを初めから見間違えてはいないか。

智重は何を考えているだろうと、ハンドルを切る腕の傷を心配しながら、シート越しの広い肩を見る。

アルミホイルと硝子瓶。内容のわからない、盗まれた《紙》。

それを持って逃げた被疑者と、二人の自殺者。行方不明者が一人。

《一人では何もできない》被疑者は、化学反応を探す分子のように、母骨格を繋ぐ誰かの手を探しては、失敗しているのかもしれない。

行く先々で人の死体を作りながら――。

そんな不吉な考えを瞬きで振り払う。そして。

アルミホイルと瓶を使えば爆薬ができると考えもしたが、そんなもの、黒色火薬やマグネシウムが手に入れば素人でも作れる。どちらも特殊なものではない。材料も、身元さえ証明できれば購入できる。マ《M》グネシウムファ《F》イアス《S》ターターはアウトドア専門店で数千円で買える。作成も簡単だ。《協力者》は必要ではない。

「……」

次々と浮かぶ当て所のない考えに、ふと。

鼻の底に残るにおいの記憶を、信乃は思い出した。

温められた金属のにおいが、鼻腔《びくう》の奥に微かに残っていた。何かが酸化するときのにおいだ。どこにでもあるにおいだったように思えたが、記憶にないにおいだった。

何の金属か。自分の感じた違和感は、智重が指摘したあの分類より先に、嗅覚で感じたものではなかったか。

ざらりとした、嫌な摩擦が呼吸のたびに胸にある。理由も訳もない、曖昧な不安と焦燥だ。

「……もう一度、加納の部屋に戻りたいんですが」

「何か？」

と、訊いてくる閑院に少し躊躇って。

「覚えのない酸化的なにおいがしました。それが、事件と関係があるかどうかは、わかりませんが」

「鉄？　拳銃とか」

「いえ。黒色火薬ではありません。オイルのにおいもなかった……。硝酸ではない……何か、か」

がわからなくて、すっきりとしない。

「木ノ原のあとね」

と、閑院は判断を下した。はっきりとした事件との関連性が見えない段階では当然だ。

「はい」

反論する材料もなくて、形にならない重みを胸に、信乃は抱える。

目をやる窓の外は、人知れず暮れ始めている。

青空を受け止める白い雲が低く掃き散らかされ、その下に薄いオレンジの濁りを抱えはじめていた。

「……」

海を越え、一日の終わりを置き去りに青空を追って飛び去るあの飛行機は、色あせた夜を迎える自分たちのことなど想像もしないだろう。

パソコンのポインタのように、小さく見える飛行機に何百人もの浮かれた人々が詰まっているのだろうと思うと、それもまた別世界のようで、羨《うらや》む気にもなれない。


視線と悪意が向けられては、さらなるそれを込めて逸らされる。嘲笑《ちょうしょう》の気配は聞こえなくとも伝わる。

刑事の縄張り意識というのはどこに行ってもたいそうなもので、その現場を自分たちのものだと認識した所轄に、中に入れてもらうだけでもずいぶんと苦労をした。

「……観光に来てんじゃねえよ。野次馬が」

すれ違い様、そんな吐き捨てる言葉が呟かれる。向こうは気を遣って声を潜めてくれたつもりだろうが、自分の聴力は彼らの約六倍だ。残念ながら悉《ことごと》く聞こえてしまう。

「信乃」

けれど智重に聞かせるなと、視線を流した自分の腰を、軽く智重が抱いて、歩け、と、促す。

智重に向けられる悪意が気になって仕方がなかったが、少なくとも乱暴はされないだろうと、自分を宥めながら歩く。事実と感情はどうあれ、彼らは仲間だ。

「こんにちは。連絡は来てるかしら」

と、警戒の目を向けていた捜査主任らしい男に、閑院は警察手帳を吊るしてみせた。中身は捜査一課特殊犯捜査四係だ。

「……はい。お疲れ様です」

と、男は、渋々にでも敬礼を翳す。閑院はそれに敬礼で返しながらも、わざと横柄に、アフロの頭を振りながら、キャットウォークで目の前を横切り。

「ごめんなさいねー。ひき逃げの疑いがあるのよねー」

と、彼にもまた、ひき逃げの容疑を掛けて、やってきた閑院だ。ちなみに、スキャンダル課《五係》は全員、公の場では、四係の所属と偽名が記された警察手帳を提示しなければばならない。これは職務遂行上、必要と判断され正式に与えられた紛《まが》う事なき公的なものだ。偽造などでは決してない。

その後をついて、信乃、後ろに智重という順で、制服の巡査が見張りに立つ現場に入った。

「……」

肌に絡むぬるい空調。ブラインドに遮られる窓越しの夕日。

対照的な部屋だと、信乃は思う。多分、智重も思っただろう。

木ノ原の部屋には、ほとんど物らしい物が見あたらなかった。

だいたいここは執務室だから、散らかっているはずはないのだが、それにしても殺伐と言っていいほど何もない。装飾はゼロ、机の上には電話とメモ帳。紙を焼くのに使用したという百円ライター。木ノ原は煙草を吸わない。

あとは六法と英語辞書が重ねられている、ただ、本当にそれだけだ。応接セットには灰皿すらなく、壁には一枚の絵もない。

濃紺のカーペットがひたすら上品で、その上に。

「顎の下から、脳天に一発。即死です」

練習でもするんでしょうか、上手いですね。と、現場担当の刑事が、説明してくれる。

「遺書は無し。秘書から事情聴取をしましたが、自殺の動機に繋がるような病、家庭や職場の悩みなどは思い当たらないとのことでした」

まあ、職場についてては、悩むのが仕事のようなもんですからね。と言うのも彼だ。

見上げれば、天井に脳漿《のうしょう》混じりの赤い染みがある。死体が持ち去られた場所にも、人型の囲みの頭部に大きな血溜まりが。

「死体の所見に不審な点は」

「ありません。血液や手のひら、唇からは、アルコール、薬剤は検出されていません。争った跡はご覧の通り、打撲痕《こん》ほか、他殺と思われる傷もナシです。潔いもんですよ」

答えを受けて、ふうん、と、閑院はアフロの頭を傾《かし》げた。悩む余地もなかった、とでも言いたげな死に様のようだ。

「……そう、邪魔したわね」

視線を送って何かないか、と問う閑院に目を伏せると、閑院は終了の合図を出した。

部屋を出て行こうとしたときだ。すれ違うように一人の捜査官がメモを手に入ってきた。

「遺書らしきものが、木ノ原氏の携帯電話のメモ帳に入っていました。銃声の四分前に書かれたものです」

「内容は」

「『私には関係ない』。以上です」

あまりに短すぎる言葉に、

「証明する気はあるのか……」

と、所轄の男は呻いたが、自分たちにはわかる。

加納が、持っている文書を使ってしようとしていることに、木ノ原は関係ないと主張して、身の潔白を示すためか、或いは、逃げたいかのどちらかで、自らの命を絶った。

だとすれば尚更、ここからは何も出ないだろう。

関係がない、と言わなければならない理由はあっても、そういうからには当面の物証が出ないよう、彼は仕向けているはずだ。捜査を打ち切るわけにはいかないが、緊急でないなら所轄のほうが捜査は上手い、任せておけばきっと何かが出る。

押しつけるつもりはない。自分たちと彼らは、存在意義が違う。物証に基づく継続捜査は彼らの領域だ。出なければならないものはそこで出るだろうし、そこで出たときは、最終目的だけをいち早く探り出すのが存在意義の自分たちとは関係がないだろう。

そして、もし、関連したものが見つかり、その意味が彼らにわかったとすれば、それは、自分たちがどれほど隠そうと足掻いたところで、いずれ明るみに出るべきものなのだ。

行きましょう、と、促され、再びドアに足を向けかけて。

「あの」

と、信乃は立ち止まって、所轄の男に尋ねた。

「あれは」

と、視線を向ければ簡単に通じるほど、やはり部屋には何もない。

横倒しの六法に重ねられている、小さな冊子。

何の変哲もない。

「ああ、あれは、証言によれば、いつもあそこにあるそうです」

別に何もマークは入っていませんでした。と言うのに、そうですか、と、答えて、ドアへ向かう。

自由とは言いきれない彼だ。夢を見ても当然だと、信乃は思った。

「何があったの？」

「いえ、何も」

問われて、信乃は、眼鏡の向こうに掛かる前髪を見ながら首を振った。

似つかわしくなく、居心地が悪そうに。

ただ、厳粛で凄惨《せいさん》なこの部屋に似つかわしくない、年に三度の大型連休に当て込んだ、楽しそうなスペシャルイラストの載った、携帯用の今月の航空機の時刻表があっただけだ。

智重が運転席側に回る。自分は後部座席のドアを開けた。

「結局収穫は無し、ね」

もう戻っていいんじゃないかしら、と、閑院が言うように、当てもなく探し回っても埒《らち》が明かない。

そもそも何が起こるのかも知らされていないのに、何を捜査すればいいのかわからないのだ。

「これで、取りあえず、できることは全部よ。あとは、係長《ダンナ》たちを待つしかないわ」

津島でも捜してみる？　と、当てもないそれを求めてドライブに行くかと、投げやりに閑院は言う。

《飲酒運転の検問を装ったひき逃げの検問を装う検問》で、運の悪い飲酒運転の被害者が四人、捕まったと報告が来ている。もちろん津島ではない。

首を吊った笹本か、広島の大原から、何かを引き出せなければ、本当に手詰まりだ。あとは、行方不明の津島がNシステム、或いは検問に引っかかってくれるかどうか、薄い望みに期待をしていいのかどうかもわからない。

加納を確保すればいいと言うけれど、加納の目的も明確にはわからない。

事件性が――――少なくとも緊急性がないのなら、他の係に回すべきなのではないかと思う。もしも万が一、彼らのスキャンダルに関わるような文面であっても、それを揉み潰すくらい警察ならば当然にする。

いわゆる一般警察では情報が漏れる、というのであれば、リークというなら五係にも可能性はあるし、秘匿の徹底と、それの根拠となる最低人員構成が確率を引き下げはするが、一人一人の可能性なら、同じほどある。彼らにもそれなりの隠蔽捜査のノウハウはあるのだ。人捜し、というなら、所轄の方が人数を確保できるし、全国のネットワークが使用できる。しかも、もし、命に関わる緊急事態が明日起こったら、自分たちは、この事件を突然、本来担当すべき別部署に丸投げして、そちらに駆けつけなければならないのだ。

どう考えても、そちらのほうが相応しいのではないかと思うのだが、桃原の再三の要求にもかかわらず引き継ぎは許されない。

行方不明の加納と津島。ただの人捜しなら、どうして自分たちのところに仕事が回ってくるのかと、思いながら、車に乗ろうとしたときだ。

「!?」

何の前触れもなく、建物の裏手から爆発音が上がって信乃は振り返った。閑院も智重も、目を見開いて同じ方向を見ている。

悲鳴が響く。職員駐車場のようだ。

「炎上音です！」

爆音のあと、何かが燃える音がする。

「……顔、出さないようにね」

言い置いて、閑院が駆け出す。野次馬の撮影に写るわけにはいかない。自分も頷いて、眼鏡を押し上げ、智重について走り出した。

「……！」

先に駆けつけた所轄の男たちがすでにそれを囲んで騒いでいた。

水を持ってこい、という叫び声を聞く前に。

「智重！」

ぞっと背筋が逆立って、しがみついて止めた。

燃えるにおい。羊毛《ウール》の。タンパク質の。脂肪の。

――――人の。

「秘書の石田《いしだ》です。ガソリンを！」

所轄の人間が叫んで、すれ違って走って行く。

「転がしなさい、早く！　B火災対応の消化器持ってきて！　酸素を、誰か！」

叫んで閑院が走って行く。

ガソリンでの焼身自殺は灯油に比べて酷く激しい。揮発系のガソリンでは爆発と共に酸素が一気に吹き飛ぶから、酸欠のショックで本人は何もできない。近寄ろうにも火勢が強く、水では炎はなかなか消えない。

「いてください、智重！」

石田の身体を叩き包んで炎を消すためのスーツを脱ぎながら、胸を押して止めた智重はもう動けない。

「智重……ッ……！」

祈るように、下がれ、と、もう一度胸を押して、信乃は身を翻した。が、押し退けるようなスーツの袖が当たって、

「智重！」

燃える人体に向かって走る智重を追って、信乃は駆け出した。

燃え上がる炎の海から、刑事が石田を引きずり出す。なお炎を上げる身体を、地面に転がし、火を叩き消す。

「まずスーツを水に浸して、身体に掛けるのよ！」

到着したバケツに、順を争い、スーツをそれに突っ込んで、身体に掛けてゆく。三杯目からはバケツの水を、その上から掛けた。

「酸素！」

激しい閑院の声が飛ぶのに、市販のスポーツ用のボトル酸素が差し出された。救急車は間に合わない。

燻る異臭を上げる身体は、もう人相の判別を許さない。

「秘書の石田です。二十二階の窓からガソリンを被る石田の姿を見たものがいます！」

「水をもっと！　ホースは！」

ガソリンと、人が燃える強烈な異臭の中で、閑院が石田を救うための処置を施してゆくが。

「救急車はまだなの！」

到底間に合いそうにないそれを呼ぶ、閑院の叫び声を聞きながら。

十九時四十七分。

拳銃自殺を果たした木ノ原の第一秘書、石田利晴《としはる》の焼死が、確認された。


閉店間際の紳士服店で、三人分の安物のスーツを買った。下着も靴下も一通り揃えた。

車内で倒れた智重を支え、ホテルに運んで、智重の風呂を手伝った。

ガソリンで人体が燃える臭いは強烈だ。少しでも早く、身体に染みついたそれらを智重から引き剝がさなければならなかった。

別室で、閑院はバスを使い、自分も智重に続けて風呂に入った。着ていたものはすべて、ゴミ袋に入れてトランクに入れた。空気清浄機をロビーで三台借りた。訝《いぶか》しがられたが、喘《ぜん》息《そく》がいると言って押し切った。

図らずも動けなくなってしまった。

関係者として、事情聴取を受けることになり、それが済むまで居場所を明らかにしておかなければならない。こちらも事情が事情だから、あの場所にいたものたちと共に並んで話をするわけにもいかず、犯人であるはずもないのだから、明日の朝、ここに所轄が来て質問を受けることになっていた。簡単な質問に留まるだろう、とも聞いていた。

そして、ここにいるのには、もう一つ、理由がある。

死んだ石田のスーツのポケットから、切り取られた飛行機の時刻表が出て来たという。照らし合わせれば、木ノ原の机にあった時刻表の冊子の欠けたページとそれは合致するらしい。記入物の有無に気を取られて、ページの欠落を見落としていたと言った。そして。

「どう思う？　信乃」

ホテル室内のソファーに座った閑院が薄暗い灯りの中で疲れたように言う。

煙草のにおいの染みついた、狭く古いビジネスホテルだったが、連休の煽《あお》りでどこも満室で、ようやく見つけたツインとシングルだった。

時刻表の切れ端と同じポケットから、木ノ原と、笹本の名前が列記された紙の燃えかすが出て来たという。まだ鑑定中だが、木ノ原が燃やして窓から捨てたとされている紙の一部である可能性が高いということらしい。一度燃えた断片の残骸《ざんがい》であることから、燃え残ったそれを、石田がポケットに入れた可能性が高いと言っていた。

石田は真っ先に事情聴取を受けたはずだ。なぜそんなものを捜査員に知らせず、隠すようにポケットに入れていたかは、まだわからないが。

その確定を自分たちは待たなければならない。

木ノ原と笹本の線は繋がった。が、なぜ繋がるのかが、わからない。

「一番無い線だと、思っていました」

閑院に着せつけてもらったホテルの浴衣《ゆかた》姿で、ベッドの端に腰掛けて、眠る智重の生乾きの前髪を指先で整えてやりながら答える。

初動捜査の段階では、木ノ原、笹本に接点は見つけられなかった。あるとするなら、竹田を介した二本線だと思っていたから、直接二人の間に線が引かれる可能性は一番低いと思っていた。

閑院は、奇妙な顔をし、軽く首を傾げる。

「そうじゃなくて、主人に先立たれた犬の気持ちよ」

そんなことを言った。

石田が死を選んだ動機がわからないと、閑院は言う。あの場では、当然、木ノ原の後追いであろうといわれたが、直接何らかの事件に関わっているかもしれない木ノ原以上に、石田の自殺の動機がわからないと。

「智重が死んだら、死ぬの？　信乃」

そう問われたから、はい、と答えた。

智重なしでは、生きていられない。死ぬなと言われても多分、智重のいない世界の酸素を、この身体はきっと受け入れられない。

「できれば仇を討って」

と、答えると、閑院はどうしようもない、という顔をした。

そんな自分に、閑院は軽く天井を仰いでから、私が馬鹿だったわ、と、呟き。

「じゃあ、質問をし直す。主が生きていて、犬が死なければならないと、思うこと」

閑院の問いたいのは、自分の意思で、犬が死ななければならないと、思う場合だ。

「主を、守るためです」

これも、迷う必要はなかった。

この命のせいで、智重に危険が及ぶくらいなら、自分は平気で死を選ぶだろう。或いは自分が死ぬことで、主の何かが守れるなら喜んで。

閑院はじっと、自分をみつめて、溜め息をついた。

「試したわけじゃないの、ごめんなさいね」

と、急にそんなことを言われて、信乃はゆっくりと瞬いた。

「石田は木ノ原のことを盲信——むしろ、恋愛に近いと言っていいほど慕っていたという噂を聞いたの」

だから、ただの後追いでもおかしくはないのよ。発作的な、ね。と言って、溜め息をつく。

素直に同情した。智重が倒れただけでこれほど狼狽《うろた》えるのだ。もしも死んでしまったら、自分も真っ先に死を考えるだろう。

「でも、人間そんなに簡単に死んじゃうかしら、っていう話」

夕刻の疑問を、再び閑院は口にした。

死ぬって言われたら、私も智重も、立つ瀬がないんだけどね。と、眠る智重を、閑院は覗くように眺めるから。

「智重は……どうして……」

過去の事件のことは知っている。

別動で出動していた智重の先輩が殉職し、その彼の焼死が智重を傷つけている。そのせいなのはわかっているが。

そんな自分を、閑院は微笑みで少し眺めてから、

「いっぱい話すと、智重に叱られるから、少しだけね」

と、言って弓なりの眉を片方上げ、唇に指を立てた。

閑院は両手にした、ホテルのインスタント緑茶の湯飲みを軽くすすってから、思い出すように目を伏せる。

「私もその頃、二係《フッウ》所属だったから、智重のことはよく覚えてるわ。よく笑う、子犬みたい

な、可愛い子だった」

「え」

今の智重のイメージとかけ離れすぎて、思わず声が出る自分を閑院は笑う。

「当然ね。今の苦虫ガム噛んでるような智重とは別人だもの」

酷い喩《たと》えだったが、否定は出来ない智重の様子だ。

「大人しい子だった。でも明るい子だったのよ。遥《はるか》が死ぬまでね」

「遥……さん」

名前は知っている。それが、殉職した刑事なのだということも。

「相模《さがみ》遥、っていう名前よ。遥は、キャリアを蹴って現場に執着した男でね、CIAとFBIに研修に行っちゃうくらい優秀な男だった。眉目《びもく》秀麗優男《ヤサおとこ》でね、性格はオニアクマでありながら菩薩《ぼさつ》のようだし、面倒見はいいし、非の打ち所がなくて怖いくらいの男よ」

どこか聞きたくない気がして、軽く俯きながら、それでも話を止められなかった。

「智重を四係に連れてきたのも遥。どこから来たのか知らないけど、知らないところから四係に引っ張られてきた、ってことは、あそこか、あそこか別のあそこよ」

智重もキャリアだから、だいたいどこかは絞れてくるけど、と、閑院が言うとおり、キャリアが捜査一課に来る経路は知れている。しかも、出所が解らないとなると、所属をあきらかにできないのは、SAT本隊でなければ、遊撃隊か海外の傭兵組のいずれかだ。

「私たちは警察で、悪い人を捕まえるのがお仕事。でも、捕まえられない人もいるのよね」

公開されてる範囲でしか、私も言えないけど、と、閑院は断わってから。

「捕まえちゃいけない人を捕まえようと、遥はしたの。ううん……出動してみたら、捕まえちゃいけない人のところだった、ってのが正しいのかな」

「チャイニーズマフィア」

事件簿の、削り消された名称は、そう埋めると繋がるもののように思えた。

「ノーコメント。そんなところに出ちゃった遥たちに、援軍を送れなかったの。日本的に、触っちゃ拙《まず》いものだったの。友好と降伏を示すためにね。遥たちは見捨てられたのよ」

「そんな……」

「あとは、私も知らない。現場はすごい火災でね、いっぱい焼死体が運ばれてきたわ。今日とは比較にならない酷いにおいで、私たちのところもめちゃめちゃだった。生きてる人を解剖しかけて、慌てて隣の部屋の医者のところに連れてったわね」

運び間違いよ。笑えるでしょう。と、言って、そのくらい悲惨な現場だったの、と、閑院は言った。すぐこっちに戻ってきたけど。とも。そして。

「智重たちが――――SITの友軍が独断で突入して、あとで大きな問題になって。今はなかったことにされてるに近いわね」

正式な出動記録はないが、業務日誌は残っている。

「大きな邸宅が一つ、燃え落ちたわ。遥と、遥の実の弟が焼死。遥の部隊は全滅。智重は、落ちてきたコンクリートの塊の下敷きになって、進めなかったから助かったの」

進んでいたら、犠牲者の中に智重はいたのだと、閑院は言う。

「そのときに、見たらしいのね。燃えてく仲間と、その奥に走ってく遥の背中を」

それで、アレ、と、閑院は視線で、智重を指した。

「遥っぽいものを司法解剖したのは私。……このくらい、だったわね」

と、閑院は、片手を掬《すく》う形で持ち上げてみせた。

「死体って呼べる、立派なものじゃなかったわ。そして智重と一緒に五係行き。あの事件《ヤマ》に関わった人間は、誰一人として、元の部署に残っていないの」

「でも、智重だけ……」

悲惨な死に目を目撃するというなら、他の事件だってそうだ。それを見たのは智重だけではない。閑院だってそうだ。なのに。

閑院は、溜め息をつくと、底に少ししか残っていない湯飲みに手を伸ばした。

「事情は知らない。でも、智重が何度か『俺のせいだ』って、言ってたのは知ってる。香原のおっさん、知ってる？」

「……はい」

先日も廊下で姿を見かけた。智重と一緒だった。

「香原のおっさんが智重に、気のせいだ、って、何度も言ってるから智重が何かしたわけじゃないのは、確かなんだけどね」

精神的に随分弱ってたみたい。心療内科の通院記録もあるわ。と、閑院は言った。尤《もっと》も、あのあと多くの隊員がお世話になったんだから、智重が特別なんじゃないけど。とも。

「それ以来よ。智重があんな仏頂面《ぶっちょうづら》の、無口を極めた男になったの」

家で何話してるの？　と訊かれ、俯いた。仕事の指示と、家事の指示、怒られる言葉以外、ほとんど智重の声を聞いたことがない。

「大人しいけど、よく笑うし、冗談も言う子だった。遥にとても懐いていてね」

「……」

想像がつかない。そんな智重など。

「遥が好きだったんじゃないかって、思ってる」

「！」

はっと、閑院を見て、そしてまた俯いてしまった。

智重から、笑顔を、言葉を奪える人。彼らの関係がどうだったかは知らないが、智重にとって、それだけ大切な人だったに違いない。

「妬《や》く？」

と訊かれて、首を振った。自分の望みは、そんな次元ではない。側にいていいかどうか。

地を這うようなそれすら高望みのようで、応えてもらえる見込みもない。

「……暴露話はこれでおしまい」

と言って、閑院は立ち上がった。

「ありがとうございました」

それを追って着慣れない浴衣で立ち上がると、今度、笑顔全開の智重の写真を見せてあげるわ？　と、信じがたいことを、閑院は言いのこして。

「智重をお願い」

部屋を、出て行った。


智重《ともえ》の寝顔を見ている。

固く、素直な黒髪に触れ、真《ま》っ直《す》ぐな眉《まゆ》を震える指先で辿《たど》る。

通った鼻筋。唇の近くに二つ、並んで小さなほくろがある。眉の上と、額《ひたい》に古い傷跡。頬《ほお》と、唇の下にも小さな跡がある。形の綺麗《きれい》な唇をしている。ここから漏れる声は自分を震わせるほど甘かった。

「守りたいんです……」

望みはそれだけだ。側《そば》に置いて、守らせて欲しい。

「それだけなんです……」

けれどそれも上手《うま》くできない。それすら許されない。

どうして嫌われているのかも、わからない。

冷たく並んだベッド。

今日は、微《かす》かに伝わってくる智重の肌の温《ぬく》もりを感じながら眠ることもできないと、心細く思いながら、智重の側を離れて自分のベッドに足を差し入れる。

自分たちには待機が掛かっている。朝一番、事情聴取の人間が来るだろう。

なぜあそこを訪れたかは、桃原《とうばる》からの指示が来ているから、それに口裏を合わせればいい。どちらにしても彼らの捜査自体とは無関係だ。津島《つしま》はまだ、車の動向を把握するNシステムからヒットの連絡もないし、検問にも掛からないが、事件との関連性が濃厚とはいえない状況だ。普通の外出で、明日の朝には何食わぬ顔で出勤するのかもしれない。今はただ、待つしかない。

千切《ちぎ》られた飛行機の時刻表。ホテルのロビーで同じものが手に入った。ページの内容は今週の時刻表だった。どこかへ出かける予定があったのかと訊いたが、移動が常の人物だ。今鑑識中の、灰になりながらもどうにか原型を保っていると聞いたそれに何かの記入があれば、過去のものか未来のものか、或いは、仕事かプライベートかの区別がつく。

「――……」

明日は土曜日だ。あの時刻表も、明日のスケジュールで終わりだ。

ゴールデンウィークは、明日から後半のスタートだった。空港は、ここ数日に増してごった返すだろう。

「……」

行きたくない。と、今のところ行く必要もないのに溜め息が漏れた。人が多すぎるとにおいが混じりすぎてわからない。音が多すぎて、何も聞こえなくなる。

ともかくこの任務が終わらない限り、何も考えられない、と、漠然とした不安と、気味の悪い焦燥を信乃《しの》は瞼《まぶた》で切り捨てた。

いつ始まったのか、終わったのか、何も起こっていないのか、それすらはっきりとしない事件で、けれど無関係というには、足の下で知らない間に音もなく絡まって繫《つな》がってゆくような、この不快さを振り払うことができない。

眠らなければならない、と、思いながら、冷たいベッドに心細く潜る。

聴取がすんで自由になったら、加納《かのう》の部屋に戻って、あの奇妙なにおいの正体を確認しなければならない。

まだ鼻の奥に残った、燃えたタンパク質のにおいで嗅《きゅう》細胞が麻痺《まひ》しているような気がする。薬を使ってまで、嗅覚のレベルを上げるほど、あの金属系のにおいと今回の件に関連性があるのかどうか、判断に迷う。

智重の体調が明日には戻っているといいと、祈るとき。

「……？」

何度か、智重が大きな溜《た》め息《いき》をついた。

必死で息を吸っているような、咽頭《いんとう》を焼く炎の中で、吐いているような。

「智重……？」

苦しいのかと、腹ばいに起こした半身を乗り出した。智重の呼吸は治まらなかった。

「智重」

背中を向けて寝返りを打った智重に、信乃は自分のベッドからそっと降りた。

「智重？」

肩に触れる。覗《のぞ》き込めば流れるほどの冷や汗に、智重は濡《ぬ》れていて。

「智重？　どうしたんですか。智重」

シーツの上に、何かを探す手。それを慌てて握り止めるとき。

「遥《はるか》。さ……ん……っ！」

掠れた、声が呼んだ。

夢を見ているのだ。あの日の。あのときの。

「智重。起きてください！」

その手を握り締めて、智重を呼んだ。智重の心はまだ、きっとあの場所にいるのだ。

炎の中で、失った遥という人を捜している。

「戻ってきてください、智重！」

智重の居場所はここだ。智重がいる時間はあの日ではない、今なのだ。

「返して……」

遥という人が、そこに智重を繋ぎ止めているというなら。

「俺に智重を返して……！」

自分など、遥という人とは比べものにならないだろうが、今、智重と生きているのは自分なのに。

「……っ……」

智重の身体《からだ》が、びくん、と跳ねるのに、肩に縋《すが》って泣きそうになりながら智重を呼んだ。

「智重……」

息を弾ませたまま、ぼんやりと、闇を見る智重は、炎を探すように軽く周りを見回し、

――酷《ひど》く辛《つら》い顔をした。

冷や汗にこめかみを濡らし、深い息を吐いて、目を閉じてぐったりと弛緩《しかん》した。

夢から抜け出せたのだと、ほっとし、やはりうなされるほどのダメージだったのだと、智

重の心の傷の痛みを感じて、自分の胸が痛んだ。

「夢を……見ましたか？　タオル、持ってきます」

震えそうになる声で、できるだけ穏やかにそう言って、ベッドを立とうとする。その手を。

「智重……？」

強く、摑《つか》まれて信乃は眉を寄せた。

「！」

強引に、抱き寄せられて崩れるまま、智重の上に倒れた。身体を起こす智重を、不安に見上げる。

智重は、何かを探すような視線を、どうにか自分に定めて。

「信乃……？」

と、確かめるように呼ぶから、はい、と答えた。

食い荒らされそうな、不機嫌な目に怯《おび》えたけれど。

「……！」

深くキスを重ねられて、無事を問おうとして、諦《あきら》めた。慰みになればいいと思っていた。

智重の重い身体の下に敷き込まれる。

「あ！」

手首をベッドに押さえ込まれ、首筋を嚙《か》まれて声を上げた。

「痛……！　あ！」

犬歯の食い込みそうな強さは、痛みの下から甘さを放った。痕が残ると、思ったけれど制止は出来ない。炎の中で燃え尽きた智重の理性が当てにならないのもわかっていた。

智重の重さ。冷や汗に湿っていた身体があっと言う間に、熱を放ち始める。

何度もの口づけ。唇で肌に触れ、噛んで確かめ、指先が痺《しび》れそうになるほど、強く手首を握り締められる。

浴衣《ゆかた》の襟を割り、直接肌に触れて、鼓動を確かめる冷たい手のひら。夢を見ているような闇に何かを探すような瞳が自分を見ているかどうか、信乃にはわからなくて怖かった。反応を探すように、手探りで胸の粒を強く摘《つま》まれて、息を呑《の》めば、口づけで塞《ふさ》がれる。

「は……」

涙が滲《にじ》む目で、智重を探した。また押し退《の》けられ、肩口を噛まれた。

「ん！」

智重は震えていた。怖いのだ。

こんなみっともない肌の温かさや優しさに縋ろうとする。柔らかい場所を探して熱を押し込んで、恐怖をその中に放って、やり過ごそうとする。

「あ、あ！」

乱暴な智重の愛撫《あいぶ》だけを受けていると、勘違いしそうになる。熱情と錯覚する。首筋にキスが降る。まだ色あせない先日の痕に、また刻み直すような小さな痛みが重ねられる。

熱に冒された視線が、目を伏せる自分の上に降る。自分を見ているのか、炎の残像に残る遥を見ているのか。

「う！」

問うのを堪《こら》えきれなくなる前に、唇をまた蹂躙《じゅうりん》される。

絡められ、いたぶられる。甘く舌先で口蓋《こうがい》を擦《こす》られ、舌に嚙み付かれて、荒らされる。

智重は己《おのれ》の感覚を信じられないのだろう。だから、自分が返す痛みや快楽の反応で、初めて手応えを得るのだ。手荒になるのも当然だった。

「いや……」

乾いた指で胸の突起を摘む動きで擦られて、甘えるような声が上がった。痛みの下に快感があっても、きっとそれを智重は望まない。だから、そんな身体の中に必死で閉じ込めた快楽さえ、爪《つめ》を立てて苛めに来る。

「ん……！」

智重の腰の傷を撫《な》でながら、必死で声を堪えた。

智重の愛撫は、優しくて、熱心で乱暴だ。捜査のように一心に何かを探して開いてゆく。

そんな風にされると、求められている気がする。愛されているような誤解をしてしまう。

智重が欲しいのは、今があの日ではないという、確認だけなのに。冷や汗で濡れた肌を温める手段でしかないのに。

「手荒になる。嫌なら戻れ」

唸《うな》るような囁《ささや》きに、別に、と答えた。口を利《き》かない智重のセックスはいつも、獣以上に荒しくて、聞こえるのはどうせ、焼けつく吐息と自分の泣き声だけだ。

「希望があったら……どうぞ」

叶《かな》えるのが、自分の役目だと思う。

愛してもらえと、研究所から出た日、一水《いずみ》に髪を撫でられた。笑って頷《うなず》いて、手を振った。そうなるはずの肌をこれほどまでに傷で汚して、それでも慰みになればいいと願う自分に。やはり不機嫌に眉根を寄せる智重が映って、信乃は寂しく目を伏せる。

智重が感じると、酷く自分も興奮する、と、白く揉《も》み壊されて解《ほど》けてゆく思考の中で思う。

「ん……！　ん」

喉《のど》までいっぱいに含んでも智重の付け根は遠くて、無理に押し込めばえずきそうになった。張り詰めた肉。自分の唇を抉《えぐ》りそうなごつごつとした感触が口内を犯す。

「ふ、……ぐ」

苦しい気配を立てるたび、髪を摑まれて引き剝《は》がされそうになるが、緩くそれを振ってしがみついた。

苦しくても滑《なめ》らかで舌触りのいい、智重のにおいがするものを、離したくなかった。

「く……――――ん……っ……」

跪《ひざまず》く脚の間で、痛むほど硬く張り詰める自分に触れるのも我慢した。それほど、智重を口で欲しがるのに懸命だった。それだけで達しそうだった。

頰の粘膜で、張り出した部分を締めつける。舌で音を立てて、口いっぱいのそれを吸った。割れた先端にキスを繰り返し、舌先で裏に走った合わせ目のような筋を探す。

「もういい」

唾液《だえき》でべたべたの頰を撫でられても、首を振った。舌先が痺れる苦さも、快楽だった。目を閉じて、夢中で舌と喉で貪《むさぼ》った。髪を摑まれるたび、まだ、と、目で見上げた。潤んで上手く、見えなかったけれど。

「いい加減にしろ」

飲み損ねた、一度目の精液が鎖骨に重く伝っているのをなぞられても、嫌だと、首を振った。溶けるくらい舐めたくて、到底溶けそうにはなくて。

うっとりと舐め続ける自分の胸に、智重が触れる。

「信乃」

「や、あう！」

窘《たしな》める声とともに、摘み取られそうなくらい強く胸の粒を爪で摘まれて、口から智重の肉が跳ね出してしまった。

「いや、……です、智……重」

また手を伸ばそうと思うのに、興奮しすぎて尖《とが》った胸の飾りを、爪で智重にいたぶられ続けて身動きができない。両方に伸ばされた智重の指に、震えながら胸の突起を弄《いじ》られるたび腰が浮いた。無意識に伸ばす手が、硬い智重の腿《もも》を彷徨《さまよ》う。

「！」

腕を摑まれ、ベッドの上に引《ひ》き摺《ず》りあげられる。

乱れた浴衣の隙間《すきま》から、塞《ふさ》がったばかりの脇腹《わきばら》の銃創を少し痛むくらい指で摘まれて。

「傷を入れるな」

と、苦々しく叱られた。セックスの度に、叱られる傷だった。

それに頷いてコンドームをベッドから拾い上げた。

封を切って、智重に差し出すものだった。中身は、智重が取って、自宅でないときや、智重が面倒くさがったときは中に残ったローションで、自分でならして智重を待つのが常だったのに。

「……智重」

智重は、袋ごと自分から取り上げた。伏せろと言われて、懇願するように首を振る。智重の指に開かれるのは嫌だった。なぜなら智重はいつも。

「自分で……！」

そう言ったが、ベッドに押さえこまれた。逆らいたくとも、快楽が詰まった身体はどこか緩慢で、智重の手を振り払えない。

「あ」

冷たい雫《しずく》が尾てい骨の上に垂らされるのがわかった。それは溝を辿って、すぐに智重を呑み込む場所に流れるから。

「もう、いいです、智重」

まだ塗りつけられただけなのに、嫌だと訴えた。本当に、嫌だった。

黙れ、と、智重が言う。指先で、外側ばかりを撫でられているだけで、前がひくひくと跳ねて頭に血が上った。黙ったら泣きそうだった。

「う――――……！」

智重の指がゆっくりと沈められる。

手荒であっても、決して智重は傷つけようとはしない。扱いが荒いだけで、初めてのレイプ紛いのセックスをした日以外、怪我をさせられたことはない。

「もう……いいです、挿《い》れ、て、……ください……」

そう乞《こ》うても、そんな言葉が受け入れられたことなどない。

自分の快楽などいらない。傷に苦しむ智重の目に汚らしいそんなものを晒《さら》したくなどないのに。

「……！」

噤《つぐ》んだ場所が、智重の指を受け入れる音がする。

挿し込まれる違和感。乾いた指が粘膜を擦る感触。中途半端に摩擦があって、酷く生々しかった。

息を浅くして、その感触を耐えるそこにまた、ローションが零《こぼ》される。指を伝って、奥に送り込まれるそれは、聞こえすぎる耳を塞ぎたくなるほど、濃度が高くて酷く粘つくいやらしい音がした。

何度も含まされる親指が馴染《なじ》めば今度は、長い中指が更に奥に押し込まれた。智重に慣れた身体はすぐに付け根まで咥《くわ》えてみせた。それに薬指が足されて、小さな空気の音がするのに思わず締めつければ、余計感じるその指の存在感に背筋を震わせた。

節の立った智重の指は、優しい刺激で弱い入り口を何度も掻《か》いて、快楽の波をじわりと広げてゆく。乾いた感触が消える。淫《みだ》らに吸いつく音が静かな部屋に響いて、抜き差しする速度を上げる智重の指に従った。

智重は、恥ずかしいほど猛《たけ》った自分の先端の雫を指先で掬《すく》い取ると、胸の突起に塗りつけて、指で捏《こ》ねた。

「あ！」

ぬる、と、粒の上で指が滑るのに声を上げた。乳首を覆う薄皮ごとはがされた錯覚があって、電流じみた刺激が直接腰を突いた。

弱いと、知っているくせに苛《いじ》めたがる。汚す恥ずかしさを晒させたがる。酷いと詰《なじ》りたかった。けれど、あっと言う間に蕩《とろ》けてしまうから、説得力はいつもない。

「………！」

粘液を挟んだ指の下で、期待しすぎて硬い、粒の形がわかる。小さなビーズを転がされているような、いたたまれない、恥ずかしい刺激だった。

ぬるぬると摘んで転がされる。智重を欲しがって、自分が垂らした雫の多さに、頭に血が上りそうだ。ようやくそれが乾きかけても。

「智……重……」

ローションの袋の端を、一度摘んだ指が苛《いじ》めはじめる。

摩擦を持たず、挟まれた智重の指の間で、転がり落ちそうな形を訴える小さな粒が放つ快楽に、短い声を上げ続けた。

熱で脳髄《のうずい》が蕩ける。智重を咥えて汚れた唇に唾液が伝う。そこに。

「嫌、あ！」

火花のような快楽を散らす尖った乳首を、先端に向けて何度も爪で扱《しご》かれた。祈るように額《ぬか》づく形になった脚の間から、とろとろと、垂れるいやらしい雫が見える。堪えるにも、その視覚は浅ましく、いやらしくて目を閉じようとしたのに。

「あふ――――！」

後ろの指と、乳首だけで達してしまった。締めつけた場所から、温められたローションが流れるのを感じながら、鼓動に合わせて振れる先端から、隠しようもなく、白い粘液をバスタオルに撒《ま》き散らした。

「ん……！　あ――――……」

極みの中で涙ぐんだ。指だけで達《い》かされるのは、嫌だった。智重のでしか達きたくないと言えば、智重はやはり、不機嫌な顔をするのだろうが。

ひくつく後ろの器官は、欲張りに智重の指を深く咥えて、意思とは無関係の収縮を繰り返している。充血し始めたらしいそこは柔らかく腫《は》れて、粘ついた音を大きくした。智重を欲しがって、どんな風になるか、鏡で智重に見せられたことがある。指で開かれる智重を咥える場所は、赤く血管で染めてふっくらと柔らかく、ローションで光って智重を待つ。

口で言うより浅ましく、智重の雄を欲しがって、いやらしい内臓を晒しているというのに。

だから嫌なのだ、と、智重には言えない。

「く……、っふ……」

智重はまた、指を付け根まで深く押しこんだ。もう少しも抵抗はできなかった。放出で軽く萎《な》えた性器に指を絡めてくる。深く彫り出された溝を捲《めく》るように指先で辿り、柔らかい先端を撫でる。

時折摘まれる胸の飾りは、剝《む》かれたような紅色だ。先端も、柔らかい円に色づく小さな台座も。

「智重、もう……！」

慣らすというなら十分なはずだ。けれど、智重にそれを任せて簡単に許されたことなどなかった。

「う、あ！」

浅めに挿した智重の指が中で曲げられる。動きを止めて、軽く前後させるだけで、

「嫌、です、そこは嫌！」

智重は、簡単に身体に隠した小さな粒を探し出した。

「う……、ん、……や、ア……！」

腹側にある小さな実に走る筋を辿られる。押されるだけで腰が砕けそうなそれを、指で挟んで何度も捏ねる。その粒から身体が焼けた砂のように砕けて壊れそうだ。

押し上げられるのはすぐだった。萎えかけた欲情にあっという間に逃げ場のない熱が溜《たま》る。

「もういや、……ぁ、智、重！」

射精の衝動があるのに、何も出せない。どこまで、と、軽く恐怖するほど熱が上がる。追い詰められたまま、長い快楽が来る。

灼《や》ける。と、思う。熱さに狂う。

痛みを感じるほど快楽に絞られるのに、どこまで過ぎても絶頂が終わらない。

「嫌……！　あ、あ！」

言葉にならない甘ったるい声を上げながら、身も世もなくのたうった。腰を振らされる快楽の姿は考えたくないほどいやらしいはずだった。固定された智重の指に自らそこを擦りつけている。ただ、智重はその簡単に腫れてゆく実に走った筋に、指を押し込んでいるだけだというのに。

智重に任せると、こうされるのが嫌だった。一番見せたくない、自分だった。

嫌らしい音で赤く捲れて、智重の指を吸っている粘膜、糸を引きながら白い雫を零し続けるだらしない欲情。言葉が吐けなくなる唇からは、噤んでも餓えた犬のように涎《よだれ》が溢《あふ》れて、それを知覚する理性まで白く霞《かす》んで消えてゆく。

どれほどの醜態かと思う。智重が欲しくて与えられない、それは拷問《ごうもん》に近かった。

「智重――……！」

立て続けの絶頂に溺《おぼ》れた。一人なのが嫌だった。

智重の視線が茨《いばら》のようだ。それすら快楽に思う自分がこの上なく汚らしくて、嫌だった。

「ひ……ぃ……！」

たらたらと零すばかりで、終わりが来ない。体中ががくがくと震えるほどの快楽は、過ぎてもう辛いのに腰を振るのを止められない。

「あ、あ！」

恐怖さえ覚える孤独の絶頂に、胸を苛め続ける、智重の手に縋って首を振った。

智重の手のひらが喉を撫でる。ベッドに転がされ、唇を滴る唾液の上からキスをされて、ようやく叶えられるのだと、死にそうな溜め息をついた。

膝《ひざ》を開かれ、間に智重の腰を迎えた。

脚には腿に巻きつく、有刺鉄線で作った古傷がある、その傷を丁寧に智重は撫で、女のように濡れて腫れた入り口に、自分の乱れ方を眺め下ろしながら、静かに沈んでくる。

「ごめん、なさ……ぃ……！」

愛し倒された弱く貪欲《どんよく》な場所は滑らかで、絡みついて、大きな智重を半分も呑み切れないうちに、

「ごめ……智、重……！」

簡単に達して、智重の下腹を濡らした。

「あ………！」

叱られると思った。案の定。

「！」

すくめる肩を押し開かれ、怒ったようなキスで噛みつかれて、

「うあ、あ！」

一気に貫かれ、そのまま激しく揺すぶられた。

蕩けたバターを掻き回すような音が脳に直接聞こえる。先端から、射精と言うには弱すぎる鼓動で、雫が溢れ続けて、硬く腫れた自分の欲を伝う。

「あ、ああ！　あ！　ひう……！」

それでも、散々に開かれた場所は傷つきもせず、生々しく、灼けた智重の肉槍《やり》を呑み込んで。

「ン、う……ッ！　ふ！」

膝が胸につくほど押し畳まれる。茂みが擦れる音がするほど深く押し込まれて、揺すられる。

伸ばす手を払われ、乱暴に押さえ込まれて軋《きし》むのは、ベッドか手首なのか。

「あ――――ん！」

定まらない視界に見える、乱れた髪の下にある智重の視線を探せない。

粘膜を粘膜が犯す、粘液の音がする。深い場所から、腰骨に響くほど、自分の粘膜は智重

を強く咥えこんでいた。

智重の下腹に擦りつける自分の欲情の先端が、ぬるぬると肌に粘液を塗りつけていく。

「……信乃」

「…………！」

初めて、譫言《うわごと》めいた熱の声で名を呼ばれて。

「――――っ！」

必死で智重の首筋にしがみついた。

消したくなかった。それだけで自分は報われる。

「智重……！」

気紛《きまぐ》れでも。奇跡でも。

「あ……！　ふ、ぁ……！」

打ち消すように、叩きつけられる衝撃に絶え絶えの息で耐えながら。

名を呼んでくれるなら。

このまま殺されても、幸せに死ねるのに、と。

智重の満足の前に、ついていけずに意識が白く落ちる、その瞬間すら惜しくて。

もう一度、と、乞う声すら持たない信乃は、言葉を忘れた声帯の代わりに、智重の唇に触れて。

「――……」

智重の腕に、背中から、崩れ落ちた。

「……」

ホテルの遮光カーテンが緩やかに開かれるのを、洗面所の鏡越しの視界に感じて、智重は軽く眉根を寄せる。

明けたばかりの空には、白くスモッグがかっていた。これが昇った朝日に焼かれれば、初夏を待たせた空に、焼きつくような青空を映してみせるだろう。

シャワーを浴びて、智重は鏡の前で髭《ひげ》を剃《そ》る。

ボリュームを落としてテレビをつける信乃の浴衣の背中が、鏡越しに見える。所々柔らかい髪が跳ねているのに、洗いっぱなしで寝るからだと、なぜか神経を逆撫でする不快感を伴って思う。

ワイシャツの真新しい袋を破る。知らないズボンを穿《は》く。記憶は途切れていたが、理由はわかっていた。しかし。

夢ではないのか、と、智重はまだ、どこか現実味のない意識の中で思った。

ここが、夢に出て来そうなくらい、ありふれたビジネスホテルだということもあるだろう。狭いバスでは目が醒《さ》めず、部屋の中を少し頼りない仕草で片付けたり、仕事の用意をする信乃が、見慣れない浴衣姿なせいもあるのだと思う。

「……」

シャツの前を開けたまま、鏡の前で智重はゆっくりと開いた両手のひらを眺めた。

それでもまだ、現実感はない。

薄く靄《もや》のかかった認識が脳をふやかす。誰かに急に揺り起こされれば現実に戻れそうな、摑みどころのないぬるい日常の曖昧《あいまい》さ。

この手には。身体には。

艶《つや》やかな啼き声を上げ、哀れなくらい熱を発して乱れた、信乃の身体の感触がはっきりと、残っているというのに。

今日は五月二日だ。

事件の発生から、三日が経《た》とうとしている。

ドアの隙間から見えるテレビからは、観光地を取材する賑《にぎ》やかな音声が聞こえる。

昨日。五月一日の夕刻。

環境省職員で議員の木ノ原《きのはら》の第一秘書・石田《いしだ》がガソリンで焼身自殺を図った。

それまでに積み重なる理不尽な死にも、まだ何の答えも出ていないのに。

「……」

なぜ、と、考えようとすれば、網膜に焼きついた、炎を纏《まと》ってくるくると踊る石田の姿が蘇《よみがえ》った。

こちらを嘲《あざけ》るような、助けを求めるような。焼けて縮む筋肉に蹂躙される、道化のような、残酷な死の踊り。

ようやく収まった目眩《めまい》が引きずり出され、また、今立っている場所がわからなくなる。

あれは、石田で、今は、あの日ではない。

あれはあの人ではなく、自分は炎を上げる人体に駆け寄ることができた。助けることは、できなかったけれど。

記憶と過去の合わせ鏡だ。

実体はここにあるのに、どこに立っているのかわからない。それとも。

実体すら、夢から醒めれば消えるのか。

いつまで醒め続ければ終わるのか――。

目に見える景色すら現実として認識できなくなりそうで辛く目を閉じる。そのとき。

「智重」

遠慮がちに、ドアの隙間の向こうで俯《うつむ》く声に、ゆっくりと智重は目を開いて、それを見た。

「そろそろ用意を。待ち合わせの時間です」

洗面所が空くのを待っていた、信乃だ。

智重は、洗面道具《サニタリー》をごみ箱に捨て、ドアを開いた。

すみません、時間が。と、呟《つぶや》く信乃が遠慮がちに立っていた。

泣かせすぎて目尻が少し赤かった。顔色もまだ悪くて、もともと白い、信乃の頬をなお深く透かしている。

着方を教えてやる機会がなかった浴衣の襟をかき合わせるように摑み、帯は腰の辺りにグダグダと巻いている。

現実の姿だった。過去と繫がらない、他の夢と関連性を持たない切り離された存在。

信乃だけは、どの夢にいても信乃で、信乃だけはどこにいても信乃だ。

「昨日は……すみませんでした」

ベッドの途中で動けなくなれば、信乃は、必ずそういって朝、謝罪する。その哀れさすら、どこまでも信乃らしかった。だから。

「今日は、……何日だ」

肯定して欲しくて、そんなことを訊いた。

網膜では、まだ炎の踊りが続けられている。あやふやにあるホテルの部屋。乱れたベッドと、なおざりに塡《は》め込まれた朦朧《もうろう》の空を映す窓。

見慣れぬネクタイ。タグのついた新しいスーツが、余計自分を認識から弾《はじ》き出す。

「ここは」

どこだと問いかけて、口を噤む。

わかっているはずだ。現実感がないだけで。

素肌の背中に縫いつけられた、過去という名の糸に引き戻されそうになる。けれど、もう二度と、という、強い抗《あらが》いが自分の中にあって。

「二日ですが……。智重……？」

不安そうに見る信乃に、手を伸ばした。

炎の残像に目を閉じた。

信乃は、あんな目には遭わせない。

守りたい。守りたかった。いつだって。

もう、これ以上。

「――――信乃……」

手放せなくて、胸に抱いた。

失えなかった。欲しかった。

いいいいいい
どんな呪いが掛かっていても。

「！」

不意に鼓膜の中で鳴るような自分の声が、はっきりとそう囁くのに、弾かれたように智重は、信乃を抱いた腕を解《ほど》いた。

「……」

信乃が混乱した表情をする。戸惑《とまど》ったように、少し不安そうに一度自分を見て、――賢く覚えた諦めを浮かべ、また目を伏せた。

「……急いで用意をします。智重の服はベッドの上に」

ぎこちない微笑《ほほえ》みを残して、信乃はバスルームに消えた。丁寧に拭《ぬぐ》ったはずの信乃の身体からは、まだ、微かに自分の肌のにおいがした。

テレビが連休中の天気予報を流している。この小さな島国のいたる所で花が咲き誇っているらしい。

窓の外は幕が落ちるように青さを増し、この短い間にも視界を随分広げていた。

「……」

手に掴む今は、どこかまだ、現実味がない。

過去に、悲しみに、戸惑いに不安に。幾ら神経が曇ろうと。

朝が来れば。

残酷な青空の下に、鮮明な現実は待っているというのに。

「進まないわね。信乃？」

と、選択肢がないビジネスホテルの朝食の席で、目の前に座った閑院《かんいん》に、からかうように言われた。

「……あ、いえ、食べます」

と答える声が掠《かす》れるのに、黙って食べればよかったと思っても、あとの祭りだ。

目が醒めたら、身体は丁寧に拭《ふ》かれていて、自分のベッドに抱かれて、窮屈に智重と眠っていた。

自室のベッドは広くて、こんなことはめったになかったから、目が醒めたあとはもう眠れなかった。

シャワーを浴びて、バスタブにも浸かったが、泣きすぎた目許が赤いのはどうにもならなかった。湯に浸かってだいぶマシになったが、くまもある。タオルで冷やすほどの時間はなかった。

「……」

あの抱擁は何だったのかと、抱き締められた腕の感触を思い返しながら、信乃は思った。

あんなことは初めてだった。

まだ衝撃が拭《ぬぐ》いきれないのか。或いはまだ、不安の中にいるのか。

けれど、そう思うには、部屋を出たあとの智重は恨めしいほど普段通りで、朝食派の名を穢《けが》さないほどしっかり食べこんでいる。

それに叱られているような気がして、信乃も進まない箸《はし》を動かした。食べなければならない。いつでも身体が動くようにしておくのも仕事の一つだからだ。

鮭とみそ汁、漬け物と卵焼き。

美味《おい》しくないと閑院はいうけれど、味オンチの自分にはよくわからなかった。すべてに於《お》いて味オンチなのだから、智重が作る料理が一番美味しいと感じるのも心情的なものかもしれない。

「加納んち。行ける？　信乃」

と、先に食べ終えて、茶を飲んでいた閑院が言う。信乃は、はい、と、頷いた。

昨日のダメージは嗅覚には何ら問題ない。嗅細胞が麻痺するまでの時間は短いから、集中力が勝負だ。イメージに囚《とら》われてそれを損なうことのほうが恐ろしかった。金属臭に集中してそれを特定し、判断しなければならない。

けれど、くすぶり続ける迷いはそこではなくて。

「……思い出せないんです」

と、信乃は訴えた。

「どういうこと？」

「においは思い出せるんですが、何のにおいか」

本当は、嗅《か》ぎに行く必要はないかもしれない。においの記憶はあるから、それを確かめに行くだけで、それが何かが解らなければ、何度嗅いでも同じだ。

「珍しすぎるか、ありふれすぎたものか」

でも、金属っぽいって言ってなかった？　と言う閑院に、少し躊躇《ためら》って信乃は答える。説明が難しい。

「金属に類似したにおいがしたんです。でも、鉄でもない、ステンレスでもない、サビのにおいでもない。……一番近いのは、嗅いだことがない……？」

自分で言ってもおかしいと、信乃は思って考え込む。

自分は人間ではない。リスクを負ってまで生み出された自分には、それを埋めるに相応《ふさわ》しい、能力というメリットが組み込まれていた。

犬の特性を持つ自分は、当然、嗅覚も武器の一つだ。それは現場で確実に使い物にならなければ、存在意義が無く、最大限に利用するため、自分の脳には、臭気に関するデータベースが刷り込まれている。一般に溢れる、においが網羅された情報だ。

犬の能力と人の知能と人工的な分析力。それが発揮されてこそ、自分の存在価値は十分に発揮される。だから、科捜研のコンピューターに匹敵する、自分に刷り込まれたデータのどれとも合致しないというのは、不思議を通り越して不審だ。複数種が混じっていたわけではない。純粋な元素に近い、においがしたのに。

「気のせい？」

「いえ、においはしました」

「体調不良」

「それもありません」

はっきりと、疑念を否定する。

本当に微かだったのだ。自分でなければ、決して感知できないレベルの、けれど確かな。

「行っても無駄かしら」

そう言う閑院に反論ができない。智重も考えているようだ。

「もしかしたら、分析室に戻って、元素サンプルを順に嗅いでいったら、思い出せるかもしれません」

データの不一致という言葉が脳裏を過《よ》ぎる。該当なし、だ。

あり得ない、と思う。データの更新は頻繁に行われ、その度念入りに洗いなおされている。

その種類たるや、こんなものが本当に必要なのかと思うものまで、徹底的に網羅されている膨大な量だ。

刷り込みデータミスかと思いもした。抜けているものを探したほうが早いのではないかと。

「津島んちに戻りながら、ダンナたちの指示を待ちましょうか。広島の結果も聞けてないし」

と閑院が溜め息をつくと同時に、携帯電話が鳴り出した。噂《うわさ》をすれば、と、ピンクの携帯電話を取りだし、表面を眺めた閑院は、軽く嫌な顔をした。そして。

「オタクの人なら帰ったわよ？」

不機嫌を声に込めて、一言そう答える。

予告通り、朝一でやってきた、所轄の捜査員のことだ。

起き抜けを狙《ねら》ったかのような早朝。部屋にやってきて、どうして急にあそこに立ち寄ったか、何か不審な点はなかったかを訊かれた。木ノ原と石田についての情報提供も求められた。

身分はいつもの、捜査一課特捜四係付き幽霊席で、来訪の理由は、ひき逃げ事件捜査だと答えた。特捜であるからにはそれ以外に任務があるのは明白だったが、それを問わないのが警察内でのルールだ。

車種特定による、念のための捜査網に掛かったうちの一人で、ひき逃げ事件の犯人の可能性は初めから低かったと言った。石田については、木ノ原個人のプライベートな捜査だったから、石田の名前は昨日まで知らなかったと答えた。真実ではないが、事実もそれにだいたい近かった。

不審点は特に感じなかったと答え、捜査員は、容疑が掛けられたくらいで死んでたら、役人は務まりませんからね、と、軽口を叩いて帰っていった。アンタたちのせいで朝っぱらから仕事が増えたと、嫌みを言い残すのを忘れなかった。

「………そう」

電話の向こうの声を聞いて、閑院は手帳を取りだした。

『14：08』『771』。閑院はそう書きつける。

「わかったわ。ありがと。続報よろしく」

と言って、閑院は通話を切った。

「解析の結果が出たみたい」

と言って、その手帳をテーブルの上でこちらに押してみせる。

「燃えた時刻表の紙切れに、ボールペンでマークがついていたそうよ。今日の十四時八分。福岡行き771便。思い当たることは？」

訊かれて、しばらく考えて。

首を振った。智重も答えなかった。

木ノ原は今日、生きていたなら休みを取っていたという話だし、勤務予定だった石田は誰かに教えるために、個人的にそのページだけを貰って、ポケットに入れていた可能性も高い。

「ここまで来ても、空き巣が一件、家出が一件、自殺が二人と追加で一人、……か」

事件じゃないじゃない。と閑院は溜め息をつく。

しかも空き巣といってもプライベートのスキャンダルで、外部からの侵入窃盗でもなく、犯人もわかっていて、持ち出されたものは内容のわからない紙一枚、という他愛もないもので、告訴もしないというのだから立件するにも難しいものだ。そもそも、刑事事件の範疇《はんちゅう》ですらない。

「でも、おかしいです」

と、信乃は答えた。

確かにどれも、一つずつを見ればそうだ。集めてみても刑事事件とは関係なさそうなものばかりだ。

繋がらない、でも、これを見て、無関係だとは決して言えない。

「もう所轄に捜索、譲ったほうがいいんじゃないかしらね」

さあ、家出のお坊ちゃん捜しよ。と、投げやりに言って立ち上がろうとしたとき。

また閑院の携帯が鳴った。閑院はそれを眺め、あーあ、やっちゃったのねえ、と、気の毒そうな顔をした。

「おはよう、大介《だいすけ》。お疲れ様って、竹田に言って頂戴？」

と閑院が答えるのに、信乃も智重も眉を顰《ひそ》めた。

大介という人物には、時間の頓着がないと聞いている。今の時間まで、夜通し竹田をつきあわせていたのだろう。犬の聴覚で、漏れ聞こえる携帯電話の音声を拾えば、一音一音ぷつぷつと切れるような、やはり酷く陰鬱で抑揚のない声だった。

「『笹本《ささもと》と津島に会え』？」

と皮肉な音色で閑院は訊く。大学教授の笹本は鳥取で自殺、津島は今も行方不明だ。

「『今週中にカタをつけなければ、大変なことになる』？　それって、急《せ》かされただけなんじゃないの？」

皮肉な閑院の質問に、呻《うめ》きのような返事が返るだけだ。

二度面会した大介、こと大城戸《おおきど》とまったく様子が同じだった。自己紹介をした自分に、名乗りもせず、緩く摑むような握手、というより手首を軽く一方的に摑んだあと、電子音を体中から漏らしながら、何かを思い出したようにどこかへ行ってしまった。

確かに彼と同じ部屋に詰めこまれて過ごせば、解放を条件に何もかも喋《しゃべ》りたくなる気持ちも想像できなくはない。

大城戸は、一方的に電話を切ったらしい。桃原たちに確認を取ったかどうかも謎《なぞ》だ。

「仕方がないわね。とにかく津島捜しをするしかないってことだけは、わかったけど」

と言って、閑院は座り直す。

「ダンナんとこ、電話してみるわね。大原《おおはら》のことも聞きたいし」

と、まだ、広島の大学教授、大原の件も何の連絡もない。聞き取りに難航して任意同行の手続きでも取っているのかと、食事中に話したところだった。

閑院が携帯電話を開いたときだ。

「地獄耳」

と言って、通話をはじめるところを見れば、その桃原本人、または、同行している坂井だ。

「津島？　まだだけど」

加納も。と、黒目がちの目で瞬《まばた》きをする閑院は答えに継ぎ足す。

「帰る、って、終了でいいの？」

怪訝《けげん》な声に、眉を顰めて耳を傾ける。

漏れ聞こえる声は、何かが持ち出された、と言ったようだ。

「プルトニウム。って…………あの？」

閑院が失笑を漏らす。

確かに全員が原発関係者だとしても。

「プルトニウムなんて、どうやって持ち出すのよ」

目の前で笑う閑院に、視線で同意を求められても、まったく想像もつかない。

『――ご苦労、諸君』

と、モニタの向こうで言うのは、髪の乱れた桃原係長だった。

四係が使う本庁の一室を仮の捜査本部にすることを指示され、警察無線の回線を手配し、映像を繋ぐ。

向こうは、広島県警の一室のようだった。モニタの向こうに、ざわめきがある。何かの騒動になっているようだ。

並んだ長机、パイプ椅子《いす》。隣には、仰《の》け反《ぞ》りぎみに座る、四十代後半くらいのぽっちゃりとした色白の男がいる。黄緑色の、くたびれたポロシャツの裾《すそ》で眼鏡を拭いていた。その後ろには坂井が、大きな身体からやつれた気配を放ちながら座っている。

「プルトニウム、って何よ」

と、前置きもなく、ぶっきらぼうに閑院が言う。それを予想していたように、桃原係長は怯《ひる》みもせず。

『笹本の生活は、頭に入っているか』

「……広英大学教授客室研究員。高速増殖炉『常陽』『もんじゅ』に続き、実証炉DFBR-1機の成果を受けて、国内三機目の増殖炉建設計画に携わる非常勤客室研究員。専門は核燃料と自然環境への関与。客室研究員でありながら、一方で増設に反対のため、関係者のバッシングも強い」

と、答えたのは智重だ。

世論の反対と、内部バッシングの板挟みが、自殺の引き金になったのではないかという線が、一番濃いのだと、自分も聞いていた。

『その笹本の手引きで、プルトニウムが持ち出されているらしい。確認をしているところだ』

と、リアクションの難しいことを、桃原は告げた。そして続ける。

『使用済み核燃料が国内で保管されている事実を知っているかね』

問われて、ばらばらと三人は頷いた。

テレビでも度々問題になる話題だ。日本では処理をして地下に埋めていると聞くが、本当にそれで安全なのかと問題視する声も多い。放射能物質であることを示す、三枚のプロペラのような羽根のマークが付いた黄色いドラム缶を、地中に埋める映像を何度も見たことがある。もしもあの一つが盗まれたとしても、到底一人二人でどうこうできる重さではないはずだ。

『俺は当然専門外だから、篠宮《しのみや》あたりを引っ張ってくるべきかと思ったが、どうにも間に合いそうにない』

と、五係で分析官兼科捜研のような仕事をしている、これまた幽霊状態の美貌の分析官の名を上げた。

桃原は、ちらりと隣の男を見てから。

『日本では、使用済み核燃料として排出される燃料棒と呼ばれるものを、再処理し、プルトニウムとウランその他に分け、保管している』

「科学弱いのよ、私」

と、一番免疫がありそうな閑院がアレルギーじみた言葉を吐くと、俺に言うな馬鹿、と、桃原が呻きで答える。

『簡単にいえば、使用済み燃料棒は猛毒のゴミだが、再処理済プルトニウムは、燃料だ』

「いいことじゃない」

『高速増殖炉の燃料になるという名目で日本には約45ｔのプルトニウムが保管されている。こいつの問題は――――』

と言う、桃原の言葉を、隣の男が間延びした声で奪った。

『こんにちは、皆さん。僕は、大原紀男《のりお》といいます』

縒《よ》れたポロシャツに伸びすぎの学生のような、ぺっとりと汚れた髪の男。眼鏡の奥の細い目。緊迫感の無い長閑《のどか》な声で挨拶《あいさつ》をするのは、関連人物として、接触を要求されていた人物の一人だ。

『昔から、問題になってるんだよね。お金もかかるし、十分な警備もできないくせに、なんでわざわざプルトニウムにして保管するのか、って。プルトニウムの方が危ないのに』

と、説明にしては不可解な言葉で、大原がのんびりと切り出した。

「なぜ危ないんですか、大原さん」

『核爆弾が簡単に作れるから』

智重の問いかけに、端的に大原は答えた。

『ウランや使用済み核燃料を反応させるの大変なんだけど、プルトニウムは簡単に臨界点越えるから、ちょっとしたコツさえあれば、民間でもやれるんだ』

だから危ないの。解る？　と、やはり子どものような口調でのんびりと続けた。

「具体的には」

『臨界点越えないギリギリのプルトニウムを、全方向から一気に爆破するとか。トリニトロトルエン《TNT》とか黒色火薬で包むのが一般的かな。そうだね、60キロとか80キロくらいの爆薬で足りる感じ』

まったく一般的でないことを言った。

『まあ難しいといえば難しいよ。爆薬でくるんでも、完全に同時に爆発させるのは素人《しろうと》じゃ大変だし』

「海外に流した可能性は」

『笹本くんは、そんなことしないと思うよ』

彼は、ほんとに核物質愛してるから。と、理解の及ばないことを大原は言った。隣で桃原係長が頭を掻いている。大原は、見るからに、桃原と話が合いそうにないタイプだった。

『ちなみに言っておく』

と、少し退屈そうになってきた大原の隣で、補足するのは桃原だ。

『大原教授は、くだんの文書には関わっていないそうだ。まだ捜査の段階だが』

ただ、と桃原は続けた。

『加納からアポを受けている。電話で笹本の紹介と言って、受付を通したらしく、大原教授はアポを受けつけたんだが』

『ごめん、昼寝してたんだ』

と、悪びれもせず、大原は白状した。

『僕と笹本くん、仲悪いしね。また賄賂《わいろ》のお誘いかなと思って、話は聞いてみようと思ったんだけど』

と聞き捨てならないことを大原は言ったが、今は聞き捨てなければならなかった。

寝過ごした。まあいいけど。と言う大原を、桃原は軽く横目で睨《にら》む。智重が続けて訊いた。

「電話の内容は」

『さあ。会いたい、ってだけ。お金はある、って言ったかな。でもそんな電話、よくかかってくるし』

文書に関与しないとこの男が言うなら、信じざるを得ない明け透けさだった。罪を罪とわかっていない。一番簡単で、一番始末の悪い人種のようだった。

『で、そのまんま。正直誰からのアポだったかもよく覚えてなくて。受付の人が覚えててくれたみたい』

と、完全に人ごとのように言う。本当だ。と、隣で桃原が頭を抱えた。

「それで、そのプルトニウムが」

と、話を戻したのも智重だった。

大原には、思考が散漫になってしまうほど突き詰めたくなることが多いうえに、主題があまりにも非現実すぎていて繋ぎ止めてくれる確かな実感がない。

ああ、そうそうプルトニウム。と、大原もすっかり失念していたような口調で笑った。平和だった。

『笹本くんが、どうやらプルトニウム239を持ち出したらしいんだよね。聞いた?』

問われて閑院が桃原を軽く睨んだ。すべてはここに戻ってから、ということだったから何も聞いていない。桃原は軽く咳払《せきばら》いをしてから。

『笹本が、保管場所から、自分の権限を使って、プルトニウムを持ち出したらしい。正確には盗み出したわけだが』

と答えながら、桃原は複雑な状況を掻い摘む。

『《盗難》という扱いで、捜査一課が入った。この件とは別件だ』

プルトニウムの盗難となれば、警察内部で秘匿しておくことはできない。だが、プルトニウムの盗難と、加納失踪をはじめとする一連の出来事は別だと、桃原は言う。

「持ち出せるものなんですか」

と、信乃は尋ねた。核廃棄物であるなら容易にあのドラム缶を開けることは出来ないだろうし、缶ごと盗み出すのは、個人では不可能だし危険すぎる。しかも、処理前より臨界を迎えやすいというそれを持ち運ぶことなど、個人で出来ることなのだろうか。それとも、国内屈指の専門家である笹本が持ち出したというのだから、安全な機械等に注入しての、特殊な搬送なのだろうか。

わざわざ分けてあるからね、と、大原は笑った。

『男なら持てると思うよ』

と、あまり力仕事をしそうにない、大原は膨れた金魚のような表情で言った。

『持ち出されたプルトニウムは、推定16キロだ』

『8キロの玉、二個だよ』

まあ、このくらいかな。と、テニスボールくらいの大きさを握るような手付きを、大原は翳《かざ》して手首を回してみせた。

『金属比重19・8。重いからちっちゃいんだ。16キロの球体プルトニウムは臨界点にかなり近い。専用の容器《グローブボックス》に入れてないと、とても危険だね。すぐ酸化しちゃう』

「解らないわ」

『たくさん放射能が出るってことだよ』

大原は、楽しそうにそう言って笑った。だから再処理《PUREX》なんてやめとけ、って、僕は言ったのに。とも。

「ねえ……」

と、不吉な声を、閑院は出した。

閑院が喋らなければ、自分が訊こうと思っていた。

『それを、加納が持ってる可能性があるってこと？』

初めから、上層部はそれを知っていたかもしれないということだ。

国を挙げて安全を謳《うた》う原子炉からプルトニウムが持ち出され、今、放射能を撒き散らしながら、都内にあるかもしれない。

「そんなこと、言えるはずないじゃない！」

『――――そうだ』

机を叩《たた》いた閑院に、静かに桃原が答えた。

「加納の確保よ！」

『津島もだ』

と絶望的な声が加わる。

『津島は、加納と接触し、プルトニウムの全部、或《あ》るいは一部を受け取った可能性がある』

「目眩がしそうよ……！」

吐き捨てるように言って、激しく席を立つ閑院について、スーツを信乃は摑む。その隣で。

「爆発まで、どれくらい時間がある」

と、智重が訊いた。大原はおおらかに、

『爆発というのは正しくないな。臨界突破。或いは、崩壊、または反応かな』

と、やはり他人事《ひとごと》のようなことを言って。

『素人管理なら、グローブボックスに入れて、今週中。持ちやすいようにすれば、今日で？』

と、訊く桃原が、三日目だ、と答える。

『保《も》って今日明日かな』

と、こちらを向き直って答えるのに。

「…………」

聞き覚えがあった。《大介》が聞き出した要求に、そんな単語が。

「持ちやすいように、って、何ですか」

と、信乃は尋ねた。研究所や閑院の解剖室にあるものをみても、グローブボックスといえばかなり大きい。それを受け渡すのは、酷く目につくし、検問に必ず引っかかる大きさだ。

大原は、うーん、そうだねえ。と、やはり長閑に考え。大量被曝《ひばく》するから自殺覚悟じゃないとやらないけどね。と、ここ数日に激しく耳を叩いた単語を出した。

『短時間で簡単に反応させないよう、持ち運ぶ手段』

僕か、或いは、笹本くんが教えるとすれば。と、継いだ。

『――――例えば、アルミホイルでくるんで、瓶で密封保存する』

「！」

智重が椅子を鳴らして立ち上がった。

「智重」

言いたいことを、智重は頷くだけで理解を示した。

加納の部屋にあったアルミホイル。割れた硝子瓶。データにない知らないにおい。プルトニウムのにおいなど、誰も嗅いだことがあるはずもない。

「帰ったらみんなで被曝検査よ」

モニタに背を向ける自分たちに、

『ああ、まって』

と、のんびり大原が言う、もともとこういう口調なのかもしれなかった。

『爆薬でくるんでも、完全に同時に爆発させることは素人じゃ難しいって言ったよね』

「……」

そう言われて三人は立ち止まった。確かにそうだが街中で臨界突破だけでも大惨事になる。簡易に持ち運んでるなら、できる方法がなくもない。と、大原は言った。

『飛行機なら、運がよければ、墜落すれば火薬もいらないし、同時点火もできるかも。核爆発はしなくとも、過早核爆発——放射能を撒き散らす目的なら、十分だろうしね』

絶望的な符号を、欠伸《あくび》混じりに吐いた。


「何分あるの⁉」

「まだ一時間十五分あります。現着間に合います」

車内に流れる無線を聞きながら、信乃はベルトにバンドを留め、左腿《ひだりもも》にダイバーナイフの入ったラバーシースを留める。

国内線、福岡行き。ゴールデンウイークの旅行客で飛行機は満席で、当然搭乗名簿には加納の名前も、津島の名前もない。偽名を使っている可能性が高かった。

航空機ハイジャックの可能性を大原が示唆した瞬間、桃原は捜査一課に協力を要請した。上層部は自分たちに期待したのかもしれないが、もう、到底そんな次元ではなかった。現場に出ないからだと、閑院は彼らを罵《ののし》った。

国民の命より、権威と立場を彼らは選んだのだ。

公表すれば国民がパニックになるのはわかっている。だからこそ、警察という組織全体が迅速に隠密に動かなければならなかったのではなかったのかと。

被曝の可能性がある区域が、どの程度に及ぶかわからないから、避難命令も出せない。加納と津島を確保するしかない。

『写真、捜査員全員に回します。SATに出動要請が掛かっていますが――――!』

混乱は必至だ。初めから事件に携わっていた自分たちでさえまだ、話が突飛すぎて現状の把握が容易ではないのだ。しかも。

「……」

車から空港ロビーに駆け込み立ち尽くした。

呆然《ぼうぜん》を通り過ぎて、途方に暮れる。

立ち向かうには大きすぎる。あまりのことに気が遠くなる。

鼓膜の奥で、同じことを繰り返す、飛行場のロビーで実況中継をする、明るい女性アナウンサーの声を聴いたような気がした。

海のようだった。或いは、どこまでも続く厚い壁のような。

その日の羽田空港は、信じがたい混雑だった。

ツアー客とレジャー客でごった返し、縄張りを奪われたかのようなスーツ姿が居心地悪そうに間を縫っている。

一年以上前の写真だけが手掛かりだ。この人混《ご》みでは、すれ違っても気づかない可能性が高い。

飛行機を押さえればいいという話ではなかった。気づかれて逃走されれば、剝き出しのプルトニウムの在処《ありか》がわからなくなってしまう。

「智重……！」

どうすればいいのかわからない。ＳＡＴが到着したという無線が入った。けれど、犯人がどこにいるのかわからないのに空港を封鎖するわけにはいかない。ギリギリに駆け込んでくるつもりなら、まだ飛行場の外にいる可能性も有る。

「自殺の動機には十分だわ」

人を掻き分けながら、閑院が吐き捨てた。

加納、または津島と何らかの関係を持っているとするなら。

今の段階ですら、人質の数など推測できない。加納と津島が、移動した点を中心に範囲数キロメートル。この空港すべて。そして、飛行機に乗せてしまえばその飛行機の乗客、もし、自爆テロなら墜落地と、それを中心にした被曝領域《エリア》。成功してもしなくても、史上最悪の膨大で悲惨な被害者が出て終わるのだ。

加納にプルトニウムを渡した笹本、加納に事実を知らされ、止めることができなかった木ノ原。生きていたときに負う罪と咎《とが》は、自殺の苦痛の比ではない。個人に負える罪のレベルではない。

どちらに転んでも逃れられないそれから逃げるために、彼らは死を選んだに違いなかった。

「SATと連絡を取りましょう。私たちが向こうに混じったほうが早いわ。単独で動くと混乱しかねない。警察が動いてるなんて知れたら、犯人、何を考えるかわかんないし」

封鎖にしても、検査にしても、自分たちが勝手に行動をして、捜査を掻き回すことは絶対に避けなければならない。泳がせる時間はない。けれど、こちらの動きは決して悟られてはならない。

静かに、迅速に。そのためには、SAT本隊の指示に従い、犯人を刺激せず探すことが重要で、最優先だ。分析のために篠宮が呼び出されたと言った。もう間に合わんだろうが、という桃原の藁《わら》にも縋りたい気持ちがよくわかった。

どうしてはじめから打ち明けてくれなかったのか。

簡単に口に出来なかったことくらい、わかっているけれど。

そう思ったとき。

「！」

長い長い空港ロビーの、航空会社カウンターの頭上に貼りついた液晶文字が、一斉に赤く染まる。

飛行機の出発予定のパネルだ。

便名の横の時刻が消え、全便の横《欠航》の赤文字が流れはじめる。

「——待ちなさい、やめて！」

それを見た瞬間、閑院が無線に向けて叫んだ。

間違いなく警察からの要請だ。全便の運行にストップをかけたのだ。床を埋め尽くすすべての人が一斉にそれを見上げてざわめく。怒声を上げる人間もいる。

「逃がすつもり!?　馬鹿じゃない!?」

これを見たら、察知されたと気づいた犯人がプルトニウムを放り出して逃《お》げるかもしれない。人のひしめく大混雑の空港。人目につかない場所に放射能物質が放置される。ここで核反応が始まったら、何千という被害者が出る史上空前の大惨事だ。

『空港内の皆様にご案内申し上げます——』

運航状況と、安全総点検のお知らせと称したアナウンスが流れ始める。

全員が呼ばれたように再び頭上を見上げる。その動きの中で。

「……！」

不自然な動きがいくつか見えた。

犬の動体視力はいい。動くものを選り分けて、一度に多くのものを視《み》る。

一人は老人、子連れの女性。ジャージの女子学生。学生風の男。スーツ。選《よ》り分ければ目についただけで、二十人強だ。その中から、加納の容姿に該当しそうなのは三人。

「E検査場前に二人、Cの前に一人」

C検査場の前のスーツの男が駆け出す。Eの前の二人が足早にそこを離れる。

閑院がCの男を追うのを見て、Eの検査場に智重と走った。当然、背後の人物は見えなかった。そちらに含まれているとするならば、掻き分けるように混じり始めた捜査員に任せるしかなかった。

前か後ろか。確率は二分の一だ。

「左を頼む」

そう言われて、智重と別れようとしたとき。

「ッ！　――――すみません、失敗です！」

自分の失態を悟って、信乃は智重を呼び止めた。

ニット帽の男。キャップにパーカの男。

どちらも手には何もなく、到底8キロの金属の塊が入った瓶を持っているようには見えない。が。

ニット帽にスプリングコートの男が振り向いた。

息を呑んで立ち止まった自分と――――目が合う。

「加納だ！」

唸ったのは智重だった。

「！」

加納は背中を向けず、こちらに向かって斜めに突っ込んできた。加納はひょろりと背が高く、手足が長い。細身のジーンズが年相応で、短く立てた髪が議員秘書には見えない。

「退《ど》いてください、伏せて！」

人混みを掻き分けて、自分たちの斜め横に逃げようとする加納を追う。そのまま人混みに紛れようとするかと思った加納は、翻るコートを押さえてポケットに手を突っ込んだ。

「伏せろ！」

智重の叫び声が響く。加納は自分たちではなく、検査場の警備員に向かって拳銃を構えた。悲鳴が上がる。伏せる警備員が、その目的を悟って、トレーが山のように積まれた机を押し倒したが、すんでで加納はそれを飛び越えたあとだ。

「加納を発見した。E検査場だ！」

智重が無線に叫んだ。

トレーが大きな音を立てて雪崩《なだ》れて散らばる。悲鳴が上がる。

駆け込む検査場の磨《す》りガラスの向こうで発砲音が響く。

ロビーに悲鳴が溢《あふ》れ、パニックが轟音《ごうおん》を作る。

「智重！」

ＳＡＴの配備はまだ済んでいない。動きが早すぎる。

横倒しの机を飛び越え、加納を追おうとしたときだ。

「！」

息を呑んで振り向き、信乃は立ち止まった。俯いた顔は半分しか見えなかった。けれど。

「――――津島です！」

微かな――――、狂乱の悲鳴の中で拾い上げた微かな呟き。

ここで、加納の名を呼べるのは、津島しかいない。

「！」

津島は、弾《はじ》かれるようにしてポケットの短いナイフを振り回した。津島は大柄だった。太い首に、いかにも強そうな腕で、刃の厚いサバイバルナイフを翳し。

「っ！」

突進してくる加納の頭突きを体勢を崩した左肩に受け、よろめく一瞬に躍り出るような津島の通過を許す。検査場の中は発砲に備え、訓練どおり頭を抱えて伏せる検査員たちしかいない。持ち出される盾は遅い。ＳＡＴは間に合わない。

津島は、アラームが鳴りっぱなしの検査ゲートを、振り回すナイフで切り裂くように通過し、奥へと走る。

「智重！」

先に走った智重を追って、信乃も走った。

悲鳴が上がる。発砲音が続けて二つだ。

《犬》の目には動く物はよく見える。人を押し退け走るのが津島だ。その前で、振り返り、拳銃を構えては走るのを繰り返すのが加納だった。

「行け、津島！」

悲鳴の合間を縫って、加納が叫んだ。拳銃を構える加納と、津島がすれ違う。同時に。

「智重！」

加納が智重の足元に二発発砲する。慣れてはいなかったが躊躇いはなかった。そして。

「智重ッ！」

自分の声と同時に、智重の脇腹と、腕辺りから血飛沫《ちしぶき》が上がる。が、智重は一瞬、よろけただけで、走る足をとめなかった。

「来るなッ！」

銃口を震わせながら、加納は再び銃を構える。目は血走って正気を欠き、銃口は智重に定められている。

「来るなァッ！」

　――智重が撃たれると思ったから。

「！」

　射線の上に割り込んだ。背後には押し退けた智重がいた。

「信乃ッ！」

　声と同時に発砲音が響く。弾丸が右肩を貫く衝撃に、一瞬片膝をついたけれど。

「津島を！」

　床を叩くようについた手で支え、叫んで加納に飛びついた。

「！」

　左脚からダイバーナイフを引き抜く。その瞬間に、目許を掠め、押しつけられた銃口で、

「ッ！」

　左肋骨《ろっこつ》の上を撃たれたが。

「――八発です！」

　叫んで藻掻《もが》く加納にしがみついた。一発目の発砲のときに装填《そうてん》音を聞いた。レディスミスの装填数はフルでも八発だ。もうこれ以上はない。

「信乃！」

「行ってください！」

駆け寄ろうとする智重に、信乃は首を振った。藻掻く加納を力ずくで床に押さえ込んだ。加納の上に大量の鮮血が溢れ落ちる。

「死んでも離しませんから！」

多分、自分はもう走れない。だとしたら、この獲物を押さえておくのが、《犬》の自分の役割だ。

「早く！」

叫んだ瞬間、気管を血が駆け上って咳き込んだ。唇から、鮮血が溢れるのを、加納の上に吐いた。

「信乃！」

智重が襟を摑む。早く行けと怒鳴ろうとしたとき。

「！」

血まみれの唇に、一瞬のキスが重ねられて。

「ッ！」

智重は、自分を置き去りに駆け出した。

「津島ぁ！　逃げろォ！」

身体の下で藻掻きながら加納が喚《わめ》く。その上に馬乗りで、信乃はまた、鮮血を飛沫《しぶ》かせながら咳き込んで。

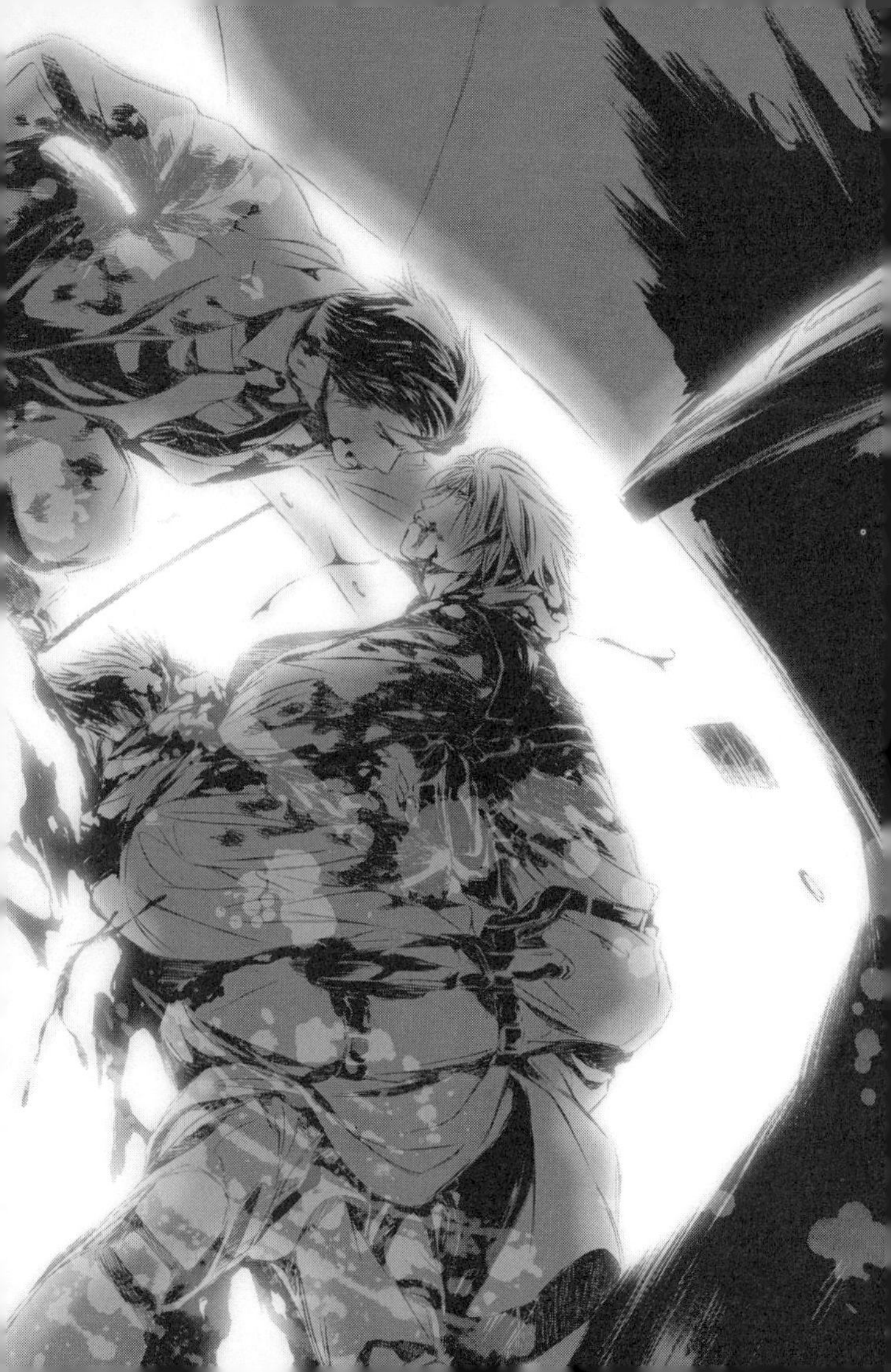

「つし……ッ！」

喚く加納の襟首を押さえこみ、喉元《のど》にダイバーナイフの背を押し当てて。

「絶対……追わせません」

出血と共に流れてゆきそうな力を掻き集め、低く唸った。


「警察か！」

と、急に走るのをやめた津島は大声で叫んで振り返った。ナイフを翳し、後ろ向きに歩いてゆく。

人で溢れているはずの搭乗口ロビーと通路は、迅速な誘導で、遠巻きに人の気配を残し、誰もいなくなっている。

「そうだ」

と、距離を置いて、智重は走る速度を緩め、片手で銃を構えながら、歩いて津島に近寄った。津島は足を交差させ後ろ斜めに歩きながら。

「……俺を今、つかまえてみろ。大変なことになる！」

妄言《もうげん》めいた言葉を吐きながらも、理由を言わない津島は明らかにこちらの様子を探っていた。


「日本国民を救いたいか！　外国人を救いたいか！」

歩幅は緩めても歩みを止めない智重に、後ろ歩きをしながら、津島は問う。

「俺を止めれば、空港は大惨事だ。俺も、お前もみんな死ぬ！　俺は死んでも構わない、撃つなら撃て！　俺が死んでも結果は変わらない。日本人が死ぬだけだ！　日本人が悔やんでも、外国人が悔やんでも、証明できれば俺はどっちだっていいんだ！」

津島は、ナイフ一本以外は丸腰のようだった。飛行機さえ飛べばどうだっていいことだったのだろう。否、たとえ飛ばなくとも、――いずれ臨界は来る。

「核の恐ろしさを知らずに、原発を作れとか言うヤツに思い知らせてやる！　核融合が何か、核の恐怖が何か、見せてやる！」

津島の声が、人気《ひとけ》のない搭乗口ロビーに響く。

それが――そんな馬鹿げた思い込みが、この犯罪の動機だった。

津島は、熱心な環境保守派だったと聞いた。環境破壊を憂い、止まらない核実験を嘆く、抑止力はそんな場所にはないと訴え、世界中の核の被害に涙し、篤い平和の志をもって入省した男だったとも聞いた。

「どうしてこんなことをする」

「核を絶対に安全に取り扱えるはずなどないからだ！　核の被害がどんなものか知っているか？　癌《がん》と同じだ、怪我じゃないんだ。段々染みて、冒されてく。一度浴びたら終わりだ。人も、子どもも孫も、家も土地も植物も水もだ！」

「だからといって、自分でわざわざ危険を作り出して、どうするつもりだ？」

津島の喚きが谺《こだま》するロビーに、智重の消された足音が響く。

自然を、人を、守るために、核の危険性を説こうとして、核被害を起こそうとするなど、本末転倒だ。

思い込みすぎて、先走りすぎて何も見えなくなっている。目的が、環境なのか、環境を脅《おびや》かすものを示すことかが転倒している。

「うるさい！　こうでもしなきゃ誰も理解しない！　文明生活がなんだ！　相応ってもんがあるだろう！　そこまで贅沢をしたいか!?　危険はすぐ隣にあるのに！」

と、地団駄《じだんだ》を踏みながら幼稚な理論を津島は訴えた。

赤く染まる脇腹。血の滴《したた》る腕で真っすぐ構えた銃口を、津島が血走った、狼狽《うろた》えた目で見る。

「……」

赤い雫が床に落ちる。それを踏んで、ゆっくりと智重は津島に近寄った。

「テレビ我慢しろよ！　何がエレベーターだ！　馬鹿じゃねえのか！」

喚く言葉から理性が消えてゆく。

それは子どもの八つ当たりに等しかった。

どこで間違えたのか。

津島の気持ちは純粋なはずだった。

どこで歪《ゆが》んだか。どこで踏み外したか。

想いがどれほど純粋でも。身を犠牲にして警鐘を鳴らす覚悟がどれほど尊くても。

手段を選び間違えた、津島のとった行動は。

――――許されがたい、犯罪だ。

「……投降しろ、津島」

唇を染める血の味を舐《な》めて確かめながら、智重は拳銃を構えて立ち止まった。

見失ってはならないものがある。

大切に思えば思うほど、摑みがたくなるばかりの、不安で膨れあがって埋もれてしまう、失う日を恐れ、指先から零れ落ちる恐怖を味わうばかりの、その弱く、大切なものを。

決して見失ってはならない。

閉ざされた無人のゲートが津島の背中にあった。津島は、絶叫しそうな表情でそれを鋭く振り向き、また智重を睨む。

「お前の理想は、わからないが」

「撃つなら撃て！　俺が死んだら日本人が死ぬんだ！」

「生きる難しさは、お前より知っているつもりだ」

「撃てえええっ！　撃てえええっ！」

狙いを定める智重に、津島が絶叫して両手を挙げる。

その背後から。

「――――確保ォ！」

搭乗口のジョイントを僅《わず》かにずらし、音もなく忍び入ってきたＳＡＴ隊員が、もみくちゃになるほど激しく数人で組みつき、喚く間もなく津島を引き倒して、捕縛した。


「もういいわ！　離しなさい！　信乃！」

「……ッ！」

揺すぶられてもわからなかった。引き剝がされてはならないと、余計必死にしがみついた。

「離しなさい！　信乃！　――――信乃ッ！」

叫ばれても意味がわからず首を振った。

自分が従うのは智重だけだ。智重だけがすべてだ。

体中から、熱い血が零れて、体温を流してゆく。

無線の音がする。誰かが叫んでいる。

もう、朦朧《もうろう》として、しがみつく意味もわからない指が冷たく痺れる。呼吸が出来ない胸が痛い。

「あ……！」

力で引き剝がされて、ろくに見えない目を見張ってしがみついていたものに手を伸ばした。

「駄……目……！」

「津島確保よ！　智重も無事！」

「かく……。――――……」

その意味さえ、わからなかったが。

「終わったのよ！　信乃ッ！」

「――――……」

ひゅーひゅーと鳴る喉に、また血が溢れる。

もう離していいのだと、智重は無事なのだと。

遅れて流れてくる脳の理解が、ようやく染みて。

「……」

呻き声も上げられず、その場に崩れた。

冷たく暗い、底なしの沼。

消えて行く、意識の中に。

「――――信乃！」

遠く、遠く。

智重の声を聞いたような気がした。


「…………」

今がいつか、やはりわからなかった。

切り裂くような何もかもが、自分の意識の前で朦朧と掻き乱されてぬるい。そんなもどかしく虚《うつ》ろな感覚を、智重は振り払えずにいる。

ここがどこか。どれが現実か。

いつも必ず救急車の音を聞いた。焼死体のにおいがするような気もしていた。

襟足がちりちりと痛い。瞳に半透明の膜が張られたように、景色が隔てられて虚ろだ。

叫び声。サイレン。鼓膜を引っ掻く無線の雑音。入り乱れて渦巻く叫び。

夢のようで。白々と、細切れに見る、恐怖の欠片《かけら》が組み上げた、白昼夢のようで。

「信乃！　聞こえる⁉　信乃！」

夢ならいいと、立ちすくんだまま、智重は動けなかった。

救急車の中から閑院の名を呼ぶ白衣の男に、閑院が手を激しく振って応えている。

「信乃！」

一般の救急車を模した中から飛び降りてきたのは、一水だった。

「あなたも手当を」

赤く染まった布を巻いた腕を別の救急隊員に引かれて、緩く振り払った。信乃が乗った担架が、降ろされたメインストレッチャーに乗せられるところだった。

信乃は。

弱々しく蠢《うごめ》くのを、白衣の人間に押さえ込まれていた。瀕死《ひんし》の声が聞こえた。

「一水、せん……っ……。肩、を、撃たれ、て、腕。……が！」

血の泡が浮かんだ唇で、譫言《うわごと》のように、信乃は訴えていた。

「腕……上がらない、と、拳銃……撃て……な………。智重の、側……い……っ……。られ」

「わかった！　わかった、信乃！」

「俺……廃、棄、……ですか」

「大丈夫だ、治してやるから！」

当てられる酸素マスクを嫌がりながら、命よりも自分の側にいられなくなるのを恐れて、縋る信乃をみつめて、呆然とする。

――信乃……。

抱いた腕の愛《いと》おしさが、腕に蘇《よみがえ》る。

儚《はかな》い肌の温もりの確かさも。

自分が、呼んだからだ。

両親も、妹も、遥も。――信乃も。

自分が、大切だと、伝えたから。

――いなくなる。

「智重くん！」

自分に気づいた一水が、激しく手を招きながら呼んだ。袖口が血で染まっている。信乃の血液だ。

「智重くん！」

二度目に呼ばれて、引かれるようにふらふらと近づいた。

固定処置をされ、簡易の止血をされた信乃は血まみれだった。真っ青で、ほとんど意識のない横顔の口許には、大きな血の染みができている。

「智……重……」

「智重くんだ！　無事だ、信乃！」

自分を睨むように見る、一水の視線が、容体は厳しいのだと告げてきた。

「目が見えてない。呼んでやってくれ」

これが最後かもしれないと、一水の険しい表情が言う。出血が多いと聞いた。肺を貫通しているいると。けれど。

「智重くん！」

声が、出なかった。

――自分が呼んだからだ。自分が信乃を抱いたからだ。

信乃を愛していると。そんな声音《こわね》で、信乃に伝えたから、信乃を呪いに巻き込んだ。

「智重くん！」

「……」

朦朧と薄く開いた目で、自分の声を待っていた信乃が、微かに笑った。

いつも見る、諦めた表情だった。

「なんでだ！」

一水に問い詰められても、声が出なかった。

これ以上呼べば、もう、本当に戻ってこない気がしていた。

もう遅いのだと、運命は笑う。

呪いはもう、発動してしまったのだと。

「信乃！」

ふっと、微かに意識を残していた信乃が、完全にそれを手放す瞬間を見る。

失うのだと、思った。

もう戻ってこないのだ。また。

そんな思いと恐怖が。

「――――信乃ッ！」

耐え難くて、凍った声帯を破った。

「信乃！　――――信乃っ！」

冷たい手を握って叫んでも、もう届いていないのは明らかで。

「降りてくれ」

冷たく突き放す、一水の声に後部ドアを閉めるよういい渡される。他の救急隊に引きずられ、押し退けられるように救急車から降りる自分の目の前で、流れ作業のように、パニック状態に揉まれ、怪我をした人間や病人を搬送してゆく、他の救急車のドアが閉められてゆく。

新しい救急車が次々と流れこんでくる。

息を上擦《うわず》らせながら呆然と立ちすくんで見送った。

蹴散《けち》らすように赤色灯を光らせながら、サイレンを鳴らす救急車の列は次々と道路に流れ、信乃の乗ったそれが、どれだかすぐにわからなくなってゆく。

「……品物。見つかったそうよ」

立ち尽くす自分の横で、閑院が告げた。

その手の中で、無線の音声が、慌ただしく怒鳴り合う声を交わしている。

振り返れば遠く、手錠を掛けられて、別々のパトカーに乗せられる加納と津島の姿が、小さく見えた。


研究所に搬送しては信乃の手当が間に合わないので、警察病院を一水は指示した。

信乃の身体は、外科手術に於いて、血液以外ヒトと変わらず、一水の持参した人工血液を使って、手術することになった。

警察病院には、研究所の息のかかった医師が常駐している。選ばれた一握りの人間と《人形》に、まだ認可のおりない薬品や技術を使い、特別な治療を施すためだ。

一水は研究者で、外科の専門医ではない。

一水の立ち会いのもと、その医師の執刀を受けると聞いていた。

「……」

またあの日の夢だと、智重は思う。

或いは、最悪の現実だと。

灰色の空気が淀《よど》んだ廊下、薄いグリーンのビニールタイル。

並ぶドアに、大きなスライドドアがある。その上に灯《とも》る、手術中のランプ。

その前の折りたたみ椅子に腰掛けて、中の人を待つ今はいつなのだろう、自分は今、何歳なのだろう。

「がんばってくれるといいな、智重」

隣に座る香原《こうはら》の声までもが同じだった。自分の怪我を聞きつけて、来てくれたそうだった。

「いい子だ。連れてかれやしねえよ」

お前さんならともかく。と、慰めらしいことを、香原は言ってくれるけれど。

「俺の……せいです」

もう、どう償えばいいか、わからない罪悪感で打《う》ち拉《ひし》がれそうだった。

「アイツが死んだら、俺のせいです……！」

告白に、香原が、馬鹿野郎、と呻く。

「妹さんも、遥も、お前のせいじゃねえって、言っただろうが。ええ？」

香原には、わからない。偶然というなら、酷すぎた。

大切だと、告げた人は、誰一人として帰ってこなかった。両親も、人生を費やしてでも守ろうと決めた妹も、たった一人と決めて、気持ちを委《ゆだ》ねようとした遥も。

そして、今度こそ、自分の意に反するどんなことをしても守り抜こうと誓った信乃さえも。

「アイツを中に入れないことが、俺にできることだと、思ってました……」

気持ちを告げたら死んでしまう。受け入れたら死んでしまう。

どんなに辛い顔をさせても、側に置きたかった。そうするためには、決して信乃を受け入れるわけにには、いかなかった。

わかりきったことだった。自分はそれを破った。

愛しかったと。そんな理由が呪いの前に通用するはずなどなかったのに。

そんな傲慢《ごうまん》と弱さが今、信乃の上に死の鎌を振りおろそうとしている。

人を愛することなど、自分には許されなかったのに。

「それでも、俺は、信乃を側に置きたかったんです――――……！」

懺悔《ざんげ》を喉から絞って、組んだ手の上に項垂《うなだ》れた。

後悔は遅い。この罰を知っていて、信乃をこんな目に遭わせた。

寂しかった。愚かだった。愛おしかった。

堪《たま》りかねるその誘惑に負けて、自分は信乃を、抱き締めた。

詰まる言葉の代わりに、足元に雫が落ちる。

「信乃を……」

「返してくれ……！」

堪えることもできず、溢れる涙に、香原が背中を撫でる。

この命を差し出してもいい。

信乃に残酷なことをしてでも共にいたいと、願うほど我が儘に、信乃が欲しかった。

叶うなら、何でもすると願った。

あの、諦め混じりの寂しい笑顔を守りたいと、思っているのに。

傷つけて、突き放して。自己嫌悪に浸って。

それでも守ろうとしたのに。

「わかってるよ、わんこは」

そんな慰めは刃《は》のようだ。

最後まで酷いことをした。

声を欲しがった信乃を拒絶した。

奪われたくなかったからだ。怖かったからだ。

けれど、瀕死の信乃を傷つけるまねまでして行った必死で些細な抵抗も、信乃を守る力にはならない。

「智重……」

冷たい廊下に、智重の嗚咽《おえつ》が遠く、吸い込まれてゆく。


『――出ました、箱です！』

無線が興奮した様子で告げてくるのに、そう、と、閑院は憂鬱に溜め息をついた。

加納が供述した場所に、二つの鉛合金のグローブボックスはあった。

東京から一時間。過疎化の進んだ村の廃屋の一つで、そこには以前、加納の曾祖母《そうそぼ》が住んでいたと聞いた。

蔦《つた》に絡まれた土壁。頭上高く、常緑樹のざわめきがある。

自然に溢れた場所だった。

加納も、今回の事件で一番被曝量が大きく、今は、検査のため病院に入院している。差し当たっての命に別状はないと言っていた。自分たちも、被曝というならゼロではないが、加納の部屋を訪れた智重をはじめ、健康を害するレベルではないと、診断された。

混乱の現場に、ほっとした空気と、歓声が溢れる。

主犯は加納だが、首謀者は津島のようだった。

津島は以前から、笹本教授と縁がある加納に、プルトニウムの手配を熱心に乞うていたらしい。が、到底叶えられないはずのその願いは、加納が竹田《たけだ》に恨みを持ったことから、翻ったと言った。だが。16キログラム、プルトニウムの固形を二個手に入れた加納は、それが臨界を越える可能性があると知り、片方を、比重の似た《金《Au》》にすり替えたという。

そしてもうひとつ。

飛行機の荷物検査場に預けた、津島のスーツケースの中から出て来たのは、加納がすり替えた塗装された金塊と。

――金より更にプルトニウムに比重の近い、タングステンだったという。

プラチナ並の価格がし、融点が非常に高いタングステンをあのように加工できたのは、研究員としてあらゆる機材が使えた笹本ならではの仕業で、そこには笹本の気持ちが込められているような気がしてならなかった。

或いはこれは推測だが、そのような加工の難しく高価で無駄に精巧なものを、幾ら笹本と雖《いえど》も簡単に用意できるはずがなく、――笹本が死んだ今となっては想像の域を出ないのだが、笹本は、笹本自身、この狂言を自分自身の手で実行する計画を立てたことがあるのかもしれなかった。

そして、8キログラムのプルトニウムでは、特殊な手段で反応をさせなければ、臨界は越えない。

笹本は、彼らが飛行機テロを思いとどまることを信じたのだろう。また一方で、それを越える決心を加納や津島がしたときは、それに運命を任せるつもりでもあったのだろう。

『科学と道徳は、切離《せつり》された、尊重し合う個でなければならない』――。

保管庫の机に鉛筆で走り書きされた文字が、筆跡鑑定の結果、笹本のものだと判明した。

犯行を思いとどまったときのものかもしれず、或いは後悔の遺書かもしれないが、特定は難しいだろうということだった。そして。

思い詰めた津島を止められなかったと、病院で加納は供述していると言った。

プルトニウムの黄褐色をまねて塗装した金塊にすり替え、自然臨界を防ごうとした。

加納も片方がタングステンであることを知らなかったから、タングステンを手に取ったのは、全くの偶然だ。加納にそれを見分けるような知識はなく、本人もそう供述している。

あの部屋でプルトニウムと思いこんだタングステンを、片方のグローブボックスから取り出し、二つのプルトニウムに模した金塊と共にアルミホイルに包んで密封し、津島に渡した。

結局、飛行機には、金塊とタングステンしか乗っていなかったというわけだ。

そしてここにも一つミスが重なった。

SATが駆けつけ空港に情報が回ったとき、荷物検査場でγ《ガンマ》線の検知器を、二時間だけ切っていたというのだ。

この息もつけぬ大混雑の中、大理石やセラミックタイルで誤作動を立て続けに起こした検出機械を、煩わしいと、荷物検査量がピークの二時間弱の間、現場の判断で停止していたという。

まさかプルトニウムが持ち込まれるとは思わなかった、というのが担当者の談だが、その罪はどうあれ、気持ちはわからなくはなかった。

その単語を耳にしたことがない人間は少なく、メディアでも度々取り上げられながら、水際の現場でさえ実生活からほど遠く、その姿すら想像しがたく、他人事の意識に厳重に、そして安全に保管された品物だったからだ。

喚いた津島の暴言は、正しいとは言えず、けれどまるっきり無視していいものではないと、誰もが言葉にしないが、冷や汗で身に染みたものであっただろう。

その金属球は、映像でチェックは掛かったものの、練習用の特殊な砲丸であると答えたら通過できたと言った。津島の体格のよさも、それを手伝った。

搭乗口で彼らを見たとき、彼らの手には大きな荷物は何も持たれていないように見えた。実際、津島も加納も、拳銃とナイフ以外は手に持っていなかった。

時間が来れば勝手に臨界を迎えるものを、手元に置く必要はない。自爆テロにしても、ハイジャックし、飛行機ごと突っ込むのだから同様だ。

安全な超高級貴金属の球体が二個、並んで入ったスーツケースは飛行機の腹から発見された。

「智重、怒るわね。……いえ、泣くかもしれないわ」

事なきを得たからこそ吐ける言葉を、苦く閑院は漏らした。

青いブロックカーペットの床には、信乃が作った血溜まりが、白い印《ライン》に囲まれ、大きく広がっている。

それを置きざりにゆっくりと踵《きびす》を返し、帰還命令が出ている五條に戻ろうとしたときだ。

「……？」

無線が自分を呼んで、閑院は疲れた声で、なあに？　と答えた。

『……晶《あきら》ちゃん。吐いたよ……。アノヒト』

「……」

すっかり忘れていた。まだやっていたのかと、感心せざるを得ない暗い声は——大介だった。

『竹田の、……例の紙』

ゲーム音と共にぼそぼそと、間遠に雑音混じりの言葉が流れてくる。

このペースで喋られたら尋問される側は堪るまいと思いながら一応相槌《あいづち》を打った。

ひらがなで喋っているような、どこか機械的な声で、だらだらと、大介は喋った。

『飲み会のときにね、酔って、みんなで、再来年の今日、集まろう、って書いて、メンバーの名前書いた紙なんだって。題名……？　は《友情の約束》とか。……で、現物も。出た。加納から』

「間違いないの？」

『うん……。竹田と、木ノ原、津島、笹本の名前が載ってるって』

「そう……」

大原の名前は記されていなかったらしい。

†　†　†

ピローが幾つも買い足されたベッドに身体を起こして、空を見ている。

夏色に染まる、ますます濃い青空を飛行機雲がくっきりと縦に割っている。遠くに浮かぶ雲が凝っている。小鳥が飛ぶのを躊躇うような、硬い空だ。

この部屋は地上から高くて、窓辺に寄らなければ、空しか見えない。

「一水先生が……何か言ったんですか？」

パジャマ姿の信乃は、長い沈黙の邪魔にならないよう、そう問いかけた。

辛うじて、命を取り留めた。八時間を越える手術だったと聞いた。

出血多量で生死の境を何日もさまよったと。人工血液の使える《人形》でなければ、とっくに死んでいただろうと。

その後、研究所に戻され《人形》専門の医師による治療とメンテナンスが行われた。

一水の計らいによって、意識がはっきりと戻るまでの間の何回か、立ち入り禁止棟の中にある、特別治療室の自分の側に、智重は付いていてくれたというが、本当に朧《おぼろ》げにしか、記憶はない。

薄暗く、時間の感覚さえ滲む世界の中の、微かで唯一の温もり。

管《くだ》の通る喉で、何度も名前を呼んだ。その音も夢に滲んで、自分の耳には聞こえなかった。

夢なら何度も見た。手の温もりは、何となく覚えているような気がしたが、それも夢かもしれなかった。

傷も、肺の膨らみも順調だった。胸腔のドレーンが外れ、一般の病院でどうにかなるという状態になって、警察病院に移動するのかと思った自分は、なぜか、智重の部屋に戻されることになった。

確かに、麻酔を打ってでも身体が動けば出動するつもりではいたが、撃ち抜かれた肩はまだ器具で固定されたままで、体力の戻らない身体は、ふらふらと、ようやく部屋の中を歩ける程度だ。到底、《犬》として、役には立てない。生きている限り、死んでも現場に出るつもりではいたが、足手まといに他ならない身体だった。

きちんと治療を続ければどうにか、現場復帰はできそうであると聞いていた。しかし、元の身体に戻るためには、厳しいリハビリが必要で、まだ療養もしばらく掛かるだろうということだった。

――愛してもらえるよう、お前を作ったんだ、信乃。

一水は、もうあの場所には戻れないのだと、諦めた自分にそんな優しい言葉をくれたけれど。

そうではないことを、自分は知っている。

《犬》としての自分しか、智重は必要としていない。それすら任務のうちで、智重は手の掛かる道具を持たされた責任感だけで、自分を側に置いているに過ぎない。だから。

「研究所に置いておけばよかったのに」

気まずく信乃は申し出た。今からでも遅くないとほのめかした。

迎えに来てくれたときは、驚いた。聞かされてはいたが、信じられなかった。

退院といっても、それなりの治療は必要で、家事どころか、生活も不自由だ。手がかかるばかりで役になど立てはしないのに。

しばらくは動けず、リハビリをしても必ず元の身体に戻れる保証はないとも、聞いていた。そんな自分を智重が迎えに来てくれるなど、智重に不都合な、何らかの理不尽な理由がなければ考えられない。

「役に立たないとわかったら、そのまま廃棄してくれるんですよ？」

預けておいて、万全なコンディションがクリアできなければ、実務に耐え難いほど破損したものとして自分は廃棄され、新しい《犬》が配属される。

智重自ら、判断をつけて上層部に意見書を出したり、研究所に差し返しを乞う必要もない。必要に迫られれば、道具としての《犬》は欠かせない物だ、けれど、高額の自分を買いなおすことを容易に上層部が承認するはずもなく、智重の側で生活できる事実があれば、余計、買い換えの必然性を証明するのが難しくなるだろう。

手のかかるそんなことをしなくとも、元の身体に戻れなければ、何も言わずに研究所は廃棄伺いを上層部に立て、研究所の判断なら彼らは納得せざるを得ず、黙っていても智重の側には新しい《犬》が来て——或いは、智重は、《犬》の主人の役目から、解放されるかもしれない。

それが望みではなかったのかと。

居場所がないような気がして、智重に更に重荷に思われる、これからの苦痛が思いやられて辛かった。

一水がごり押ししたのではないかと、思った。彼はああしてのんびりと研究者然としているが、他の追随を許さない屈指の研究者として、あの研究所内でも、そしてそれを必要とする権力者の中でも、かなりの影響力がある人形師だと、聞いていた。

そんな一水の作った《人形》だから。一水は総監とも仲がいいと聞いたことがあったから。

一水は作り直すより時間が掛かる――そして、本当に完治できるかわからない自分を、無理矢理智重に押しつけたのではないか。そのために智重は苦痛から逃れられず、新しい《人形》も買ってもらえないのではないか。

今からでも間に合うだろうかと、信乃は思う。

動かない右肩。歩くのも覚束《おぼつか》ない萎《な》えた足。まだ痛む肺。どう考えても、一水の判断は私情が混じっているものだとしか、思えない。だが。

「俺が申し出た。信乃」

「……同情ならいりません」

智重を守って撃たれたからと、或いは、感情のある生き物に、何らかの道徳的な心が動いたというなら、それは間違いだ。

自分はそうなるべくして生まれてきた生き物で、智重の《犬》として死ねるなら本望だ。

そのために壊れて廃棄されるというなら、それも満足で受け入れなければならない自分の誇りだった。

役に立てないくらいなら消えればいいと願う自分を、不快な思いをしてまで引き取った智重にはやはり、何らかの圧力が掛けられているのかと思うとき。

背中を向けたままだった。

ベッドに腰掛けて、空を見るでもなく、軽く目を伏せたままでいた智重は静かに言った。

「飼い主は俺で、お前は、俺だけの《犬》だからだ」

「……そう、ですが」

こんなところに来て、誤解をしたくなる言葉を吐くのは罪だ。

堪えていた涙が悲しさで滲むのを奥歯で噛み殺しながら、そのあてにもならない言葉だけでもこれほど嬉《うれ》しいのだと騒ぐ心を踏み殺す。なのに。

「お前が、大切だ。信乃」

一つ一つ確かめるような声音で、智重は言う。

「……」

悪意がないにしても酷すぎる言葉に、信乃は何の返答もすることが出来なかった。

どう受け取っていいかわからなくて混乱する。そんな自分を殴り殺すように。

「愛しているというと、お前は嫌がるかもしれないが」

「智重……」

信じがたい言葉を聞いて、軽く呆然とする。

「側にいてくれないか」

考えながら、中空に、ぽつぽつと吐き出される声に、夢かもしれないと思う。

望みすぎてみた夢か。或いは、あのまま自分は本当は死んでしまっていて、違う次元で何らかの幻覚を見ているのではないかと。

「……」

答えられずにいると、苦笑いで智重は少し身体をこちらに向けた。

「！」

拒否と取られるのが怖くて、髪を振った。何度も。何度も。それすら伝わらない気がして、ベッドに置いていた智重の手に、左手を伸ばして必死で縋った。

「……」

智重はそれに笑って、無理をするなと、手を解き、軽く頭を抱き寄せてくれた。

「──智重……！」

涙が落ちて仕方がなかった。混乱して、悪い考えが浮かびすぎてわからなくなるくらい何も考えられなかった。

けれど、それでよかった。智重の側にいられるなら、理由が何でもよかった。

智重は、確かめるように何度も自分の髪を撫でた。

何か遠いものを、慈しむような丁寧な手だった。

その手を止めて。彼の中に何らかの区切りがつく、長い間を置いてから。

「昔の話を、……聞くか、信乃」

吐息のような声で、智重は訊いた。

少し迷って、振り切るように、俯いたまま頷いた。

面白くはないが、と、苦く智重は、本当に幽《かす》かに微笑んだ。

智重の痛みであることは、わかっていた。話してくれるまで訊かないのが、自分の立場だと思っていた。

怖くて、訊けなかったことでもあった。智重の傷は、長い年月塞がることもなく、膿《う》んで、身を蝕《むしば》み、智重を苦しめてきたものだと知っていたからだ。そして、自分はその傷に触れても、智重の痛みを増すことしかできないと、思っていたから。

智重は、中空に緩い視線を投げ出した。別の時間を眺めているようでもあった。

「学生の頃、バイトで貯めた金で、両親を旅行に出した。近場だったがな」

自分の髪を、もう一度撫でて、静かに話しはじめる智重の肩にそっと頬を触れたまま、耳を傾ける。

「普通の家庭で、父親は普通のサラリーマンだった。母親は、近くにパートに出てた。兄に続いて俺が大学に行くと思ったらしくて、頑張ってくれてたようだった。父の誕生日のとき、俺らしくもなく、両親に礼を言って、旅費を渡した」

智重はそう言うが、智重らしい行いだった。

寡黙で、智重は真面目だ。態度は冷たいが、優しい男だった。

「玄関で見送った。夕方に、両親が乗ったバスが崖《がけ》から転落し、死亡の連絡を受けた」

「……」

辛い話だと、目を伏せた。智重のせいではないのは智重自身、重々承知だろうが、行き場のない悲しみは、自分以外のどこにも向けられないことは容易に想像がつく。

「俺には、兄と妹がいる。三人兄妹だ。兄は今、海外に。妹は、五年前に死んだ」

と言って、小さく吐いた溜め息は震えていた。

「兄貴が海外に行って、俺は丁度この仕事に就いたばかりで、訓練と出動に没頭していた。毎日が事件で塗りつぶされていた。必死で何も見えなくなってた。初めての休暇が取れて、久々に家に帰った。一人で寂しいと笑った妹に、大事な家族だと告げた。必ず俺が守ると約束して、妹を置いて、仕事に戻った。待機中、無線で事件を知らされた。二日続けての出動の帰りで全く眠っていなかった。俺たちの部署には関係ないと知ってほっとした。俺は特殊班。事件は通り魔で強行犯係の仕事だ。公園の陰に連れこまれての絞殺・無差別殺人。

――被害者は、妹だ」

「……」

心臓が握り潰されそうな痛みが智重から伝わるのに、信乃は固定された腕の指先で智重の袖を握った。

「携帯に、妹から幾つもの着信が残っていた。寂しいというメール。昨日から誰かがついてくる気がするというメール。最後は、死亡推定時刻直前の着信。それに気がついたのは、もう、事件の被疑者が挙がりはじめた頃だった。俺は、口先であんなことを言いながら、自分のことにかまけきりで、妹を殺した」

「それは」

「結果的にそうだ。両親も、妹も」

自分に斬りつけるように言って、智重は続けた。

「その事件が切っ掛けで、俺は、満足に仕事がこなせなくなっていた。もういない妹や両親から、助けを求める連絡が来るんじゃないかという妄想に取憑《とりつ》かれていて、眠れなくなっていた。兄に恨まれていると思いこんで正気でいられなかった。それを、助けてくれたのが、相模《さがみ》遥という人だ」

「名前は……知っています」

訊きたくて、訊けなかった人のことだ。

智重の大切な人だと、聞いていた。傷ついた智重を支え、励まし、また突き落とした人だ。

智重は、そうか、と、呟いて、続きを話しはじめる。

「遥さんは俺を全く別の場所に連れて行ってくれた。……二年、それが俺がこっちに戻ってくるまでに必要だった時間だ」

どこへ、と、思ったが、こんな一番上が水面下の身の上では、その底など見えるはずがない。訊けば多分、智重を困らせる。

「元の部署に帰投したが、遥さんから引きがあった。捜査一課の特殊班《SIT》に、新しい技術を取り入れたいという打診だった。遥さん自身、俺と同じ部署から、そうして転身した人だ。たった一人の先輩だった。しばらくは、そこで慌ただしい日々を過ごした。自分で切り開くしかなくて、無我夢中で、本当に何も考える暇がなかった。そのあとすぐに遥さんが海外に転勤になり、俺も仕事に馴染んで、落ち着いて、香原さんと組んで仕事をした」

いろんなことを教えてもらったな、と、もう戻れない日々を懐かしそうに智重は言った。

「遥さんが日本に帰ってきたが、俺じゃない新人と組んだ。いいヤツだった。嫉妬《しっと》する気はなかったが、再会して、改めて、あの人が大事だとわかった。恋愛感情だったか尊敬だったか、はっきりとわかったわけじゃない。ただ、命を賭《か》けてもいいと思えるくらい、あの人が大事だった。笑えるだろう。大事な人を、自分の手で失ってきた俺がだ」

「そんなことはありません」

智重が体験した二度の不幸は事故だ。

過失ですらない、その偶然は、決して智重のせいではなく、そして。

遥に対する気持ちが、恋愛感情でもそうでなくても。それほど心に深く食い込む想いは、自分が渇望してやまない、そんな智重の心だった。

「遥さんは、何かの事件《ヤマ》を追っていた。追われていたのかもしれなかった。どうしても聞き出すことはできなかった。自分がいなくなったら、遥さんの相棒と、弟を頼むと、冗談交じりに言われたこともあった。俺にしか頼めないと言った。守ると約束した」

そう言って、智重は、一度目を逸《そ》らして、窓の向こうに広がる青空を見上げ、目を伏せる。

細い飛行機雲はもう、随分滲んでいた。

「遥さんが帰国して、ようやく半年過ぎた頃だ。俺たちは、同じ班でもチームが違えばバラバラだ。事件によって必要な数が集められ、その中で展開してゆく。極秘任務がたいがいだ。ある日、俺は遥さんに、打ち明けた。自分をこっちに引き戻してくれた遥さんに感謝すると。誰よりも、遥さんが大切だと」

自分を打ちのめすそんな言葉を、信乃は息を詰めて聞いた。

受け取られることはなかったと。

差し出したまま、行く当てもなく死んでいった、智重の気持ちを。

「その直後に、遥さんは出動した。『帰ったら話そう』と、笑ってくれた。そればかりを考えて別の現場で待機をしていた俺に——俺たちに、応援要請が掛かったのは、それから一時間後だった」

記録を見るかぎり、おかしな事件だった。

遥たちのチームが出動したあと、一気に多くの班に緊急の出動要請が掛けられ、そして、急に増援は止められ、退避命令が出ている。

「増援が現着すると同時に、退避命令が掛かった。建物は炎上し、中から明らかに銃声と、爆音がするにもかかわらず、だ。消防やレスキューの要請も掛かっていなかった。本部の命令を無視して、俺たちは救援に向かった。確実に、建物の中には、遥さんのチームがいた」

「……」

命を賭けてもいいと思うくらい、あの人が大事だったと、智重は言った。迷いもしなかったことくらい、簡単に想像できる。

智重は、目の底に焼き付く記憶を眺めるように、赤く見えているかもしれない空に視線を移した。

「現場はすでに火の海で、熱膨張でドアはどこも開かなかった。何が燃えているのかすらわからなかった。本職でも手を出さないと、あとで消防に言われたよ」

当時の見取り図を見る限り、巨大で複雑な屋敷だった。それが跡形もなく全焼したというのだから、近づくことさえ出来ない大規模火災だったのは、想像に難くない。

「カッターで壁を開けて、中に入った。もうその時点で進めなかった。俺たちは特殊班で、大規模火災の装備はない。香原さんは引き返せと言った。全滅するのは明らかだと。俺は進もうとした。でもそのとき、天井が崩れてきて、下敷きになって、俺は飛び出していた鉄芯が腰に刺さって、動けなくなった」

智重の、記憶で疼《うず》くあの傷跡は、後悔と無念の傷だ。

「メンバーの内、三人が無理に押し入って、焼死した。止めるべき俺が、一番何も考えていなかった。香原さんは、俺の救助で手一杯だった」

なぜ、メンバーを、遥を助けてくれなかったのかとは、決して言えない状況だった。

「メンバー三人が焼死、遥さん、事件に巻き込まれた遥さんの弟と、遥さんの相棒が焼死だ」

以上だ、と、横顔のまま、智重は言った。

自分を責め慣れた智重は、悲痛で、虚ろだった。

何千、何万回と、思い返しては、自分を責めてきたに違いなかった。

二度の不幸な事故に斬りつけられ続け、あの炎に炙《あぶ》られ続けて。

自暴自棄に見えるほど、自分の命を大切にしない智重を失神させるほど、その傷は今も深く痛んで。

だから、命を惜しまない智重に、自分という《犬》を、智重を選んだ人間はつけたのだろう。

少しでも役に立てたのだろうかと、祈るように信乃は思った。身体中に残るこの傷跡は、どれか一つでも、智重の身体につくはずだったそれを肩代わりできたのだろうかと。

「……」

堪えきれずに泣いてしまった自分の髪を、智重が労《いたわ》しそうに撫でる。哀れむような視線だった。

「俺は、大切な人間を持てない」

宥めるように智重は囁いた。

「大切だと、口にしたら――伝えたら、俺は必ず、それを失う」

「……」

髪を撫でる智重の手の下で。

ゆっくりと目を見張って、智重を見た。

「お前を抱き締めたとき、失敗したと思った」

あの朝。まだ錯乱が残るのかと、辛く、そして嬉しく愛おしく思った、智重の抱擁を。

振り払うように解かれた、腕の孤独を。

「挙げ句、アレだ」

と、今回の事件を、苦笑いで智重は示す。

「俺には呪いがかかってる。大事なものを作れば死んでしまうなら、大事なものを作らなければ、大事なものは死なずに済む。大切だと告げなければ。大切だとバレなければ、奪われずに済むと思っていた」

誰に、と、問い返しても無駄なほど、摑み所のない運命を智重は恐れ、怯えていたという。

だから、突き放して、遠ざけて、拒絶した。

自分だって必死だった。智重と打ち解けて、身も心も智重のために生きるために、生まれてきた自分を諦めさせるほど、智重は強く、頑《かたく》なに自分を拒んだ。

自分を失わないために。死なせないために。智重の呪いから、自分を奪わせないために。

そんなことも知らず、自分は。

「智重……！」

もういいと、肩に額を擦りつけて首を振った。

智重が楽になるならそれでいいと。或いは呪いが本当なら殺してくれて構わないと思った。

智重は、そんな自分を微笑ましいもののように軽く眺めて、諦めに似た溜め息をついた。

「限界だと思った。声にしなくとも、態度で見破られなくても、もう隠せてはいないだろうと、思っていた」

すまない、信乃。

と、軽く抱かれて、首を振った。

そのこめかみにキスを押し当てられて。

「表に出さなければ済むほど、気持ちを隠せているとはもう思えない」

囁きがキスをくれたから。

「馬鹿じゃないですか……！」

詰るように訴えて、左手を伸ばし、動かない右手で、智重の首筋を抱き寄せた。

「俺は……アンタのために生まれてきたのに……！」

細胞のすべてで、智重を守るために、愛するために。

そのためだけに作られ、生まれてきた自分なのに。

「……信乃」

大切に大切に。

暖かい声が自分を呼ぶ。

「…………信乃」

生まれてずっと。恋い焦がれて、餓えて、諦めて、諦めきれなかったものが、優しく与えられる。

額で触れて、キスを重ねた。

馬鹿、と、甘く叱られて固定した腕を下されたが、またしがみついたらキスで叱られた。

智重の視線が自分にあった。こんなに穏やかに優しく自分を見る智重など、知らなかった。

死にそうに嬉しくて、幸せで。

キスを重ねるために解く腕さえ惜しくて、またしがみつく耳元で、智重が微笑む気配があった。

「……お前が死んだら、今度こそ、追っていいか」

もう何度も死に損ねた。と、智重が囁きで問う。

自分の存在意義も、生産目的も、命の軽さも運命も知っていて、そんなことを智重は問う。

智重の重み。身体の、心の、命の。

そんなものを預けられて、そのあまりの貴重さに、気が遠くなりそうな自分に。

「どうすればいい」

と、救いを求めるように智重は訊いた。声音は遠く、呪いに、或いは、空に問いかけるように。

「どうすれば、お前を生かすことができる……？」

降りかかる呪いを撥《は》ね付ける方法を智重は問う。

どうすれば、側にいてくれる。

遠い問いかけの答えなら持っていた。自分はそれを握り締めて生まれてきた。

不自由な震える指で、智重の手を握り締めた。

差し出して、受け取って欲しかった。自分に捧げられる唯一のものだった。

「俺を……愛してください――……！」

少しでもいい。それがあれば強くなれる。それさえあれば、智重に降りかかる呪いがいく

ら強くても立ち向かえる。

自分は智重の盾で、自分の矛は智重の愛だけだ。

「愛して……」

泣きながら乞うそれに、苦笑いのキスが重ねられる。

いくらでも、と、智重は笑った。役にも立たないぞ？　と、笑って囁いたが、それが一番欲しいものなのだと、どうしたら、智重に伝えられるか、よくわからず、髪を振るのが精一杯だった。

どのくらい欲しい、と訊かれて、いっぱい、と、指に縋りながら我《わ》が儘《まま》にねだった。それに、欲しがるほど与えてくれると、智重は笑ったから。

「当分、死ねませんね」

と、ようやく微笑み返して答えた。《犬》の後追いする主《あるじ》なんて、どこにいるんですか、と、智重の本気を冗談めかして窘《たしな》めた。

「主を生かすのも、《犬》の役目ですから」

智重が後を追うというなら、自分は死なない。

智重がくれる気持ちが、自分を強くする。智重が死ななければならない呪いが自分にかかっているというなら、どんなことをしてでも生き延びてみせる。

生きて、生きて、智重を守ってからでしか死なない。なぜなら。

「俺は、智重の《犬》です……！」

そんなことを誓う自分に。

「信乃……」

ベッドに押し込まれながらの甘い囁きと。

「……とも…………ん――……」

どのくらいから、愛しはじめようかと、自分を蕩《とろ》かすキスが重ねられた。


「大丈夫なの？　大介」

と、携帯ゲーム機で遊んでいる大介の隣に内股で座った閑院が溜め息をついた。

「うん……。オレは元々不眠症だし、……レベル上げには丁度いい……よ」

と言うのは、聞くまでもなく、ゲームの主人公の強さの話だった。

目の前には、血の気のない加納が座っている。一番強く被曝したはずの加納も、加療の必要のないレベルだと聞いている。

漫画のようなカツ丼の黒い弁当屋の空き容器は、大介が食したもののようだった。コンビニの袋には、ジャンクフードのゴミがいっそカラフルに押し込まれている。

「いえ、そうじゃなくてね……」

と言いかけて、閑院は諦める。

依頼人であり、事件当日、放射性物質の安全管理などを定めた原子炉等規制法違反容疑で正式に逮捕された竹田に続いて、加納の事情聴取に入った大介だ。

本来は強行犯係二係の仕事だが、流れが流れであるから、以前、そこにいたこともあるという大介が、そのまま投入されている。さらにこのあと、現在取調中の津島のところへ応援に行くと聞いていた。

自分から進んで受けたと聞いてはいたが。

「アンタは大丈夫なの？　って聞いてるの」

あの事件で招聘《しょうへい》されて以来、何だかんだで、約一月ほども、調室に棲《す》み着いたようにして聴取をしている大介だ。

電灯だけ、二十四時間耿々《こうこう》と明るい、この狭い調室に居続ければ、普通のものでもあっと言う間に精神が不安定になるし、それが必死で黙秘を守ろうとする追い詰められた凶悪犯と一緒であるなら尚更だ。しかも、大介は復職したばかりだった。しかし。

「うん……。ここなら、飯……買いに行かなくていいし……、オレ、結構、ここ……好きなんだよね……」

大介がおかしくなる前に犯人がおかしくなりそうな、気の毒なことを大介は言った。放っておけば、本当にここに棲みそうだった。

閑院は溜め息をついて、机の書類と加納を見比べた。

「以上で間違いはないの？」

目の前に座る、憔悴《しょうすい》しきった加納に聞くと、加納はひげ面《づら》のまま、無言で、首が外れたように、かくりと頷いた。そして。

「もう……ここにいなくていいんですか……？」

水の在処を問う旅人のように、弱々しく必死に加納は訊いた。

殴り殺したいほど憎い犯人だが、そうする気持ちがあるなら、警察にはいない。

罪を引き出し、散らばる事実をすべて拾い上げる。

現実は欠片まで。血痕《けっこん》も、涙も、その悪意も、情も。

私情を挟まず地面に這《は》うようにして完璧《かんぺき》に掻き集め、舐めるようにして拾い上げる。ただ、それだけだ。

彼らの罪は司法が量る。罪を量り、罰を与えるのは自分たちの領分ではない。

「証言に嘘や誤魔化しがなければ、取りあえず十分よ」

取り調べには立会人もいるし、マジックミラーの向こうに取調官が交代で詰め、音声も映像も記録されている。

脅すでもなく、恫喝《どうかつ》もせず、暴力をふるうわけでもなく。

緊急事態を抜けたあとは、法律で保障された、規定時間内の取り調べ時間をオーバーしたことはないから、正当性のある自白として、加納の証言は取り上げられるに違いなかった。

「判決が下りたら、……あの二人に、謝んなさいよね……」

加納は極刑は免れるだろう。企てた犯罪は途方もなく大きく、且《か》つ身勝手で、凶悪だが、怪我人はいても、彼の手は人を殺していない。自殺者は出たが、誰も裁かないその心の罪は生涯を掛けて加納が背負ってゆくことになる。

けれど、それはあくまで、あの二人が命を投げ出して未遂に止《とど》めたからだ。たまたま、確率二分の一の運を、この男の手が摑んだだけだった。

彼らが負った傷を、個人として許すことはできない。やはりこの罰も司法の命令が下すことになるのだろうが、せめて一言、直接彼らに謝罪をしてほしいと、人としての感情で閑院は思っている。

許されるというには、大きすぎる罪ではあるけれど。

立ち上がれない加納に、誰か来て頂戴。と、力なく閑院はマイクで命じた。

「ねー……晶ちゃあん……」

大介は、ゲームをしながら、顔を上げもせず、閑院を呼んだ。

「なあに？」

「晩ご飯まで、ここで食べてって……いいかな……」

「いいわよ」

出なかったら私が奢《おご》るわ、と、本人の負担と比べて恐ろしく重い労働力と成果に、アフロのこめかみを揉みながら閑院は答える。

すみませんでした。と虚ろに言い残して、加納は、監視員に連れられ調室を出て行った。

「……」

中に残ったのは、スピード感のある電子音のゲームをしている大介と、自分だけだ。

机の上に放り出された他の携帯ゲーム機を、片手間に、時々大介は弄《いじ》っている。

そんな彼が聞き出したなどと信じがたい供述書を、いつものように気味悪く閑院は眺めた。

机の上に散らばって重ねられた、膨大な供述書の内容を纏めればこうだ。

思い詰めるあまり過激派の傾向にあった津島を、今まで加納は宥めながら過ごしてきたという。

津島と加納は、大学時代のウォーキング同好会の繋がりで、年齢も、大学自体も同じではなかったから、話を聞くまで関連性が見出《みいだ》せなかった。

数年にわたり津島の説得を拒否し、馬鹿げたことは考えなおせと、逆に説得をしていた加納がキレたのは、最初の竹田の供述通り、竹田と加納の個人的な揉めごとらしい。

大介の聴取により、竹田からも同じ供述が浮き上がった。先に取った竹田の供述を、まったく加納に知らせていないにもかかわらず、詳しい部分までが一致したのだから、それは事実と判断してもいいだろうというのが、他の取調官の意見が一致するところだ。

「確かに、五係《うち》に回ってくる仕事だわ……」

竹田と加納は恋愛関係にあった。

竹田の妻には目を瞑《つぶ》ったらしいが、竹田の新しい女性の愛人が許せなかったと加納は供述し、竹田も、それが切っ掛けで口論となったことを証言している。

その挙げ句、加納は津島の計画に荷担することを決意し、それを予測した竹田は、加納が会いに行くだろうと予測される人物――つまり、たまたま犯行に加えるのに都合のいい原発に関わる友人――あの、友情リストの人物に必ず接触を持つだろうとして、そのリストに記載された人物に張り込めと言ったということだ。

核でテロを起こすと、叫んで去った加納は一人では何もできるはずもなく、テロに必要な燃料《プルトニウム》を手に入れるためには、仲良しグループに記名されている教授の笹本、または、笹本の紹介の大原にコンタクトを取るはずだ、と。或いは、それらを説き伏せるために、木ノ原、或いは、歳の近い津島に会いに行くだろうと。

本当に、思わせぶりなあの《紙》自体には、何の効力もなかったということだ。それが見事なまでに、関係者のリストであったとしても。しかも、竹田は、その仲良し書きの中にある情報――記名者の名を、初めからすべて打ち明けている。

竹田にも、黙秘という手段での事件幇助《ほうじょ》の罪で起訴状が出たと聞いている。揉み消すにはあまりに事件が大きすぎた。

実行犯である加納と津島の罪は言うに及ばないだろうが。

「痴話喧嘩《げんか》もいい加減にして」

途方に暮れた溜め息をついて、電子音の隣で、閑院はアフロの頭を重く抱えた。

スキャンダル課と呼ばれ、幾らそれが仕事とはいえ。

――あまりに割に合わない商売だ。

†　†　†

余談になるが。

拳銃自殺を遂げた木ノ原が、例の紙を燃やすのに使ったと思われていた百円ライターからは、同日、焼身自殺をした秘書・石田の指紋しか検出されなかった。

第一発見者でもあった石田に、一度は殺人容疑が掛けられたものの、銃声が響いたとき、石田は数名の職員とともに別室にいたからそれは取り消されたらしい。

木ノ原が自殺した直後、駆けつけた石田がとっさにその紙を焼き、追って駆けつける他職員の気配を察して、慌てて灰を窓から捨て、燃え残りを時刻表の一部とともに、ポケットに隠したとするのが一番考えられる状況ではあったが。

同じ店舗で買ったと裏付けが取れている、二個セットのライターのうちの片方で己に火を放った石田の動機は、本人の死亡により、永遠に判明することはないだろうと、調書には記されている。

†
†
†

「血液値もよし。心肺の値もクリア。浮腫《ふしゅ》もなし、傷も化膿《かのう》なし」

と、ボールペンの尻《しり》で、検査結果の紙を軽く叩いて確認してから。

「バスタブ許可だ。よく頑張ったな」

温めてリハビリをよくしろと言うと、少し幼い仕草で、明るい色の前髪の下の、整った顔立ちが嬉しそうに、こくりと頷いた。

「消毒は忘れるなよ？　リハビリも無理はするな」

と、一つ一つ注意をすると、本当に尻尾《しっぽ》でも振りそうな様子で、一つ一つはにかみながら頷いている。

「本当に、……よく頑張ったな、信乃」

と、一水は少し俯いて微笑む信乃に、満足に笑いかけた。

本当にほっとした。

あの傷と出血を見たときは、絶望が胸を占めた。

肺を撃ち抜かれながら、命を絞りきるようにして犯人確保を徹底した。一度噛んだら離さない猟犬のように、死ぬまでその命を使命に費やそうとした。

回収したときの信乃は、肺が潰《つい》え、空いた胸郭の空洞に血が満ちて吹き出し、皮下組織の気腫でみるみる胸が腫れた。ショックで意識はなく、心拍も弱くて、あるはずのない力まで使い果たして死ぬ、猟犬そのものの姿だった。

そんな信乃が、孤独を胸に抱えて死ぬのが許せなかった。回復したら、と言えないほど、絶望的なまでに、信乃は命を使い尽くしていた。

送り出す《人形》すべてが幸せになれるとは思っていない。けれど、心底願っているのは本当だ。やるせないほど儚いその命、一つ一つの顔を、一日も思い出さない日はないほどに。

信乃の手術をした医師に、何か奢らねばならないと思いながら、到底、意識がほとんどないままに、犯人をねじ伏せていたとは思えない、優しい姿を眺める。

凛《りん》と気高く、物静かで穏やかな容貌だ。弱々しくはないが、どちらかといえば華奢《きゃしゃ》で美しい青年の姿をしていた。

サマーニットに包まれた肌に、歴戦の傷が交差するほど走っているとは到底想像できないだろう。

何度も死線を潜《くぐ》りながら、必死で彼の主を守り抜いた証《あかし》だ。彼の誇りの印だった。

その、主は。

――信乃を返してください。

信乃の管理のために、個人的な携帯電話の番号を教えてあるとはいえ、立ち入りを許可できない研究所に、薄情なあの男は、通報しようかと思うほどしつこく電話をかけてきた。

――《犬》として役に立たなくとも構いません。俺に信乃を返してください。

――一生俺が、面倒をみます。

そんな彼の言葉を、こっそり伝えようと思っていたが。

「……どうか?」

「いや。なんでもねえ」

と、一水は少し心配げな顔をした信乃を、みつめ返して笑った。

その必要はないようだった。

笑いながら瞳に張り詰めていた孤独が、不思議なくらいに溶け去った。悲しい笑顔から、屈託が消えた。

数値を見れば、明らかだった。

信乃と自分を長く悩ませていた、原因不明の負の値が消えていた。

「幸せか？　信乃」

聞くまでもない言葉を問えば。

「……はい」

微かな、それでも透明な微笑みが返ってくるのに。

一水はごちそうさま、今度なんか奢れ、と、投げ出すように笑って、信乃を、その幸せの巣に追い返した。


怪我をしてからずっと、シャワーの使用だけで、感染防止のためにバスタブは許されていなかった。

ようやく今日、一水からの許可がおりて、お気に入りのバスソルトを入れた。

勤務中の智重はまだしばらく帰ってきそうになかったが、身体が思うように動かない自分の久しぶりのバスだ。時間がかかるだろうと思った。リハビリもしようと思った。

嗅覚がいい自分の為に、棚の小物入れには優しいハーブの香りばかりが揃《そろ》えられている。キューブになったラベンダーミントだ。ねだったことなどないのに、決して切らされることがないものだった。

湯に沁みる傷の痛みを堪えながら、胸まで浸って、湯の中でそろそろと身体を伸ばし、恍《こう》惚《こっ》の溜め息をつく。

お菓子のように、銀紙を毟《むし》り湯に浸せば、手のひらでいい匂いを立てて、ほろほろと零れてゆくキューブが今の自分の心のようで、指から零れる角砂糖のようなそれを、最後まで信乃はうっとりと見ていた。

今更ながらに、智重の気持ちが嬉しくて、直接匂いを嗅いでくらりとした。それにもやはり、嬉しさが込み上げるばかりだった。

魂が抜けそうになるまでそれを堪能し、オレンジソープで身体を洗った。リラックスというなら、この上なかった。

自分が湯船に溶けそうになるころ、爪の先までをブラシで洗って、温めればまだ少し疼く肩を温《ぬく》め、軽く左手で肩を押さえながら、真横に持ち上げる運動をする。

「…………っ……」

まだ水平にまでも持ち上がらなくて、たった一月の固定で、筋肉が落ちているのもわかった。元々あまり筋肉は厚くつく方ではないが、骨が触る気がする。どちらにしても、右手で拳銃は撃てない。

訓練はやり直しだ。

どれほどかかるだろうと思うと、気が重かった。

しかし、焦るなと、きつく言われている。サボるなとも。

「《それが近道》」

と、言われた言葉を呟いて、痛む場所まで動かし、更に持ち上がらないところまで上げる。万が一にも緊急の出動が掛かれば、一時的に筋力を上げる薬剤が持たされている。使うなと言う智重に頷きはしたが、有事のときは使わざるを得ず、そしてないときは、薬の存在が、不安な自分の安定剤となっている。

持ち上がらなくなるまで、それを繰り返して、湯の中に腕を投げ。

「ふ……」

視線を緩めて湯に浸る。睫毛《まつげ》に絡まる水滴が見える。

至福だと思う。

智重の側にいて。大好きなバスソルトがある。

口許まで湯に浸かって、目を閉じる。

同じ部屋。同じバス。

それがこれほど幸せなのは、智重のせいだと。

心まで満たされて、夢見心地で、信乃は思う。


迎えに行けなくてすまないと、智重には朝、電話をもらったが、もう十分に歩けるし車の運転もできる。

風呂から上がり、水を飲んで、傷の消毒をして包帯を巻き、その上から、胸に掛けて巻くベルトのような肩の固定機具をつける。胸のコルセットは取れて、包帯だけを巻いている。前あきのシャツ。綿のパンツ。素足。

意地悪でも何でもなく、味オンチが本当の理由で、相変わらず智重が食べる料理が任されることはなく、具材の準備までが自分の仕事だった。

グリルと言われたから、野菜を切り、サラダだけを作る。自分はレタスを食べられないから、アスパラとコーンとトマトだけだ。

仕事もせずに、一人で部屋にいるのは落ち着かない。新聞を見ても事件ばかりを探してしまって、探し当てても、現場の情報から数日遅れの、聞き古したことしか書いていない。

一水から許可が出て、ようやく明日から出勤ができることになったが、その半日が待てない。電話をかけてみようかと思ったが、閑院の長話に付き合わされそうでやめた。そうでなければ坂井か智重に怒られるし、事件が起こっているのを望んでいるわけでもなかった。ただ、あの場所に帰りたかった。

テレビをつけようか迷って、やめた。眼鏡をかけてまで見る気分になれない。

ソファーで、軽く天井を仰いで目を閉じる。

唇だけで、名前を呼んでみる。

智重の側にいたいと思う。彼だけの《犬》でありたいと願う。

側にいて。傷ついた心を、命を守りたい。——彼の盾でありたい。

そう思うとき。

玄関に気配があって、信乃はソファーを、心がけてゆっくりと立った。帰ってきたのはやはり智重のようだ。

靴を脱ぐ智重に、おかえりなさい、と言った。風呂はさすがに掃除をして沸かしなおした。遊びすぎてめちゃめちゃにしてしまったからだ。

「どうだった」

智重が訊いてくれるのに、風呂も仕事も許可が下りました。と、室内に上がる智重からスーツを受け取りながら答えた。

「走り込みもはじめていいそうです。少しずつですが」

智重の側にいられると、改めて胸をいっぱいにしながら答える自分の目の前で。

「……！」

立ち止まられて、ぶつかりそうになった。

一歩下がって、どうしたのかと、見上げようとしたとき。

「……智重」

振り返る智重に緩く抱き締められて、戸惑った。

「よかった。無理はするなよ？」

「あ……はい……」

あれから智重は、酷く優しい。

感情を口にする。言葉を、たくさんくれる。そして。

「……あ、あの……」

頬にキスをされる。目許にも。

困惑する自分に、何かを勘違いしたらしい智重が、いまさら、ただいま、と言う。また、
頬にキスをする。

「あの、智、重」

頭に血が上りそうだ。嬉しいけれど、居場所がない。どうしていいか、わからない。

「どうした」

「慣れない、……んです。その……」

こんなふうに、愛されるのは。

呪いの砕かれた智重は、もう何も隠さなくなった。

自分を遠ざける必要もない。誰かを大切に思うことを禁じられない。

大人しいが、素直な人間だと閑院は言った。横柄なくらい優しいとも。

今までどれほど厳しい枷《かせ》を己に課してきたか、考えれば泣きそうになるくらい、智重は優しかった。

「嫌か」

「いえ……！」

夢のようで、今まで本当に微かな幸せの欠片を指先で拾い集めるようにして、餓えを凌《しの》いできた自分には受け止められないくらいのご馳走《ちそう》で。

「何だか……その、俺の妄想かと、……おかしくなった、かも」

智重の腕の中で、吐く言葉も支離滅裂だ。

「今まで、あの……色々、想像、とか、したから」

智重が優しくしてくれたら、と、考えた。孤独な自分を支える大事な遊びだった。

決して智重には言えない、身勝手で甘い妄想を重ねた。優しい智重を想像して、自分の指で慰めたこともある。

けれど、それの上を行かれては、本当にどうしていいかわからない。

注がれすぎて、溢れそうだ。

智重は、少し不思議そうな顔をした。厚かましすぎて、本当に嫌われると思った。

けれど。――――智重は笑って。

「考えたことを、聞かせてみろ」

少し意地悪な笑顔で、囁いた。

「無理です……!」

「命令でも?」

「卑怯《ひきょう》です……!」

与えられないと信じていたから、どれほど願ったか智重は知らない。孤独の時間が長すぎて、どれほど妄想を織って遊んだか、智重が知ったらきっと驚く。この手を引く。なのに。

「……我が儘を聞いてやる」

低い囁きに甘く耳を噛まれて。

「今までの分。これからも」

と、大切に大切に。智重が問うから。

願いは一つだけだった。

智重の命。智重の幸せ。そして。

智重のシャツをゆっくりと握りこんだ。祈るように額を肩に押しつけて。

「智重の側にいられたら、何もいりません……！」

かけがえのない、至上の褒美を智重にねだった。

ほんの少しでも、智重がその心の側に自分がいられる隙間を作ってくれるのなら。

愛してくれるなら。

自分は何だってできる。


抑制が外れた智重の求愛は貪欲だった。

興味という欲で身体を隙間なく探られた。どこまでも深く、触れられて開くよう命じられた。逆らうことはできなかった。

「待っ……！　あ！」

キスでなければ、唇を指で塞がれた。歯茎を辿られ、舌の奥まで確かめられる。

「う、ふ……ぁ」

何をされても噛まない。それは従う《犬》の最低条件なのだと、唇を開かされ、徹底的にさらけ出すことを強要された。

「……かふ……っ……」

糸を引くまでしゃぶらされた指に口蓋を撫でられて、腰が震える。

体中につけられた、赤い智重の痕は所有の印だ。首筋に。鎖骨に。見えることなどお構いなしだ。明日、どれほど閑院に苛められるかわからなかった。

むしろ見せつけるような位置につける智重の印は、今までもらったどんな物より嬉しいものだ。犯人を知る閑院に打ち明けたい気もした。

智重の乾いた手のひらが、胸元を、腹を撫でる。

心地よいそれは、酷く自分をうっとりさせたけれど。

「いらない……から早く……！」

手のひらに宥められ、《おあずけ》を喰《く》らわされる焦燥と切なさが肌を焼く。

智重が欲しかった。砕けそうなほど、智重の肉を身体に噛み込みたくて、指を伸ばしてねだった。引き裂かれてもいい。そのくらいでもなければ、この幸せがどうしても信じられない。なのに。

「傷がつく」

そう言って、小さなチューブのキャップを智重は切った。少しなら自分を楽にして、並べられれば自分を恐れさせるものだ。

「久しぶりだろう」

と、智重は笑った。今日はしない、と、一本きりしか、使い切りのそれを開けなかった。

思わず息をつく自分に、子どもにするように、額に口づけながら。

「……冷た、い」

智重を受け入れる場所にゆっくりと差し込まれる、冷たく奇妙に滑らかなチューブから、智重が摘むその中身を注がれる。がっつくなと笑ったくせに、それを温める手間を省いたのは智重の方だった。

最後まで注ぎ込んだ智重は容器を捨て、揃えて折り畳んでいた膝を、開けとゆっくり外に押した。

「よく見せろ」

「傷はもう……」

よくなったのだと、身体をまだ明るい夕暮れの光の中に晒せという智重に、緩く首を振るが。

「自分で開け、信乃」

すべてを晒して服従しろと、静かに命じられて。

「……っ……」

戸惑って、引き摺るように膝を立てた。伏せた目で盗むように智重を見ても、許される気配はない。

腿を緩める。躊躇いながら膝を開く。

視線に焼かれたように内股が火照《ほて》った。智重を欲して欲情する性器は触れられもしないのに、智重の視線に撫でられて、ゆっくりと自分で勃《た》ち上がる。

「……」

震えて雫まで滲むそれを晒して、ゆっくりと脚を開いた。

ひくつく肉も、隠すには心許ない茂みも、智重は静かに眺める。視線に犯されて感じる自分の浅ましさすら、逃げ場のない刺激だった。

カバーを外した肩の傷。解《ほど》けかかった脇腹の包帯。

まだ桃色の、銃創も、もうすべては思い出せない、身体中の引《ひ》き攣《つ》れた傷も。

「！」

腹のそれをなぞられて、震えた。

「随分傷を入れたな……」

忌々《いまいま》しげな声だった。そういうつもりなら、自分程ではないが、智重の身体にある多くの傷も自分は気に入らなかった。

自分の知らない傷。自分が守れなかった傷。

智重の身体にまだ、固い瘡蓋を残す先日の傷も、自分の力の足りなさを見せつけて、自分を落ち込ませるものだ。

「智重……」

宥めるような口づけが、声を塞ぐ。

鎖骨の下の傷跡をなぞる。脇腹のそれの次に、乾いた指で胸の尖りを弄られて、それは傷ではないと言おうとする唇に、また指を押し込まれた。

「あ……う――……」

舌の付け根を中指で撫でられる。人差し指まで舌の上に押し込まれて、甘えるように指を緩く嚙んだ。

「ん、ン……っ……。う」

身体の傷を指でなぞられ、包帯の上から新しい傷を撫でられる。

まだ、痛みが内臓の奥まで届く傷だ。智重が触れてくれるその重い痛みが嬉しかった。この傷を認めてもらえる気がした。

傷と同じ扱いで、胸の充血を摘んで揉み込まれ、閉じられない唇から、鼻にかかった甘い声が漏れた。

「は……っ……」

智重に明け渡す服従の快楽。夢中で吸う指が糸を引いて、口から抜かれるのに、名残惜しくて差し出す舌は、キスで搦《から》め捕られる。

「ん…………！」

指より溶け合う感じの強い、滑らかな智重の舌に犯されて目眩に溺れる。が。

「だ、め！」

濡れた指が、潤滑のジェルを咥えた場所に触れる。

「智、重」

軽く爪を掛けて開くだけで、下腹で温まったジェルが粘液になって零れるのがわかった。

「と……！　ン……！」

指を深く含まされて、溢れる、という悲鳴を、智重は唇で塞いだ。

唇の間で音がするほど、念入りに智重は舌を吸う。

「う……ん！　う！」

うるさいのだろうか、それとも、智重は本当は、こんなにキスが好きだったのだろうか。

そんな考えは、吸い合う音に、そして智重の指を咥える粘膜の濡れた音に掻き消されてゆく。

舌を絡め、声を奪われる。付け根を撫でられ、嚙まれて、吸い立てられる。

息が。漏れる。それさえ塞がれる。

目眩がした。甘い甘い脳髄の攪拌《かくはん》に、溺れるように智重に縋る。

「あふ……」

智重の指が揉みしだく胸の粒から、甘い火花が散り続ける。やがて痺れて熱を上げてゆく。

触れられもしない自分の欲情の肉は浅ましく智重を誘って、蜜を滴らせながら揺れている。

触れて欲しい。使って欲しい。

智重の肌。智重の熱。

欲しくて堪らなくて、舌を差し出しながらねだった。伸ばせば触れられる智重の腰の傷を、半ば無意識に撫でて慰めながら。

癒せるだろうか。痛みは分け合えるだろうか。

それが欲しいというのは傲慢だ。自分の傷が自分だけのものであるように、智重のこの傷は、智重だけのものだ。

けれど、痛めば舐めたかった。疼けば撫でたかった。痛みを与える空気からこの手のひらで庇《かば》って、膿んで崩れるならこの皮膚で塞いで。

「側、に」

置いてください、と言う声を、キスで奪い取られる。愛していると、そんな言葉も許されず、涙でそれを零した。

「ふ……」

智重のキスも、指も。乞うて願えば存分に与えられたけれど。

キスが解かれて、緩む包帯の中に、埋もれるように沈む。ガーゼが剝がれ落ちて、黒い糸で縫われた傷がさらけ出される。

傷跡も柔らかい腹も、剝き出しの淫らな欲情も。

無防備に、智重に開いて見せる。

これ以上、何も持っていない。晒すものがない。

傷だらけの身体いっぱいに詰めた、智重への想い以外。もう何も。

「……」

智重は、満足したように軽く細めた目でそれを眺め下ろして。

言い聞かせるような優しいキスを、唾液に塗《まみ》れた唇に重ねた。そして。

「仕込むぞ？」

と、少し意地の悪い笑みで。

智重の想像のほうが、自分を上回っていたのだと、凶暴なことを、智重は告げた。


自分の身体が立てる小さな音を聞いている。

密着する粘膜の、捕食じみた音だ。

「……っ……」

おそるおそる、智重の肩に小さなキスの痕をつけた。叱られなかった。そんな智重は。

「信乃……」

ずっと、智重を貪る自分の髪を撫でてくれる。

「は……い……」

呼ばれれば、答えるけれど、きっともう、言葉は理解できない。

きつく突き立つ智重の肉。

あられもなく泣き出すまで、指で開かれ、何度も達かされて、ようやく与えられた智重を柔らかくされた場所で頬張った。夢中だった。餓えていた。出逢ってからずっと欲しかったものだ。含めば安堵で泣いてしまうほど、餓えていた智重だった。

締めてみろと言われ、緩めろと叱られる。動けと揺すられて、半分も理解できず、智重の名を呼びながら、蕩かされるまま腰を振って、甘く淫らに溶けた身体で、智重の硬い槍を、痙攣《けいれん》して咥え続けた。

身体も、心も。醜い自分の姿など顧みる暇がないくらい、がっついて、何度も苦笑いの智重に、髪を緩く摑まれた。

「ふ……あ！」

腰に跨《また》がった膝に力を込めて、智重を引きずり出し、力尽きたようにまた、その上にへたり込む。智重の茂みまでをぐっしょりに濡らして。抉られれば悲鳴を上げそうなくらい深く頬張った。捏ねられれば、智重を嚙んだ粘液が、苦しく粘る音を立てた。

「はう……！」

肩から解け落ちる包帯に緩く絡まれ、中途半端に動きを拘束されてもどかしかった。羽のように撫でられ、動きを縛る白い包帯が、リボンのようにらせんに巻きつき、身体に絡まり落ちてゆく。

「あ……っ、あ――――」

うずくまれば、キスで叱られ、また智重を扱く動きを再開する。

それでも震えるばかりで動けなければ、乳首を爪でつねられて、悲鳴を上げさせられ、そんなものかと叱られる。

動くたび、腰を駆け上がる電流で、智重を締め付けながらゆるゆるとでも動けば、よくできた、と、髪を撫でてくれるから、それ欲しさに、腰を振って、粘液まみれの下の口で、いやらしい音を立てながら、智重の楔《くさび》を扱き続けた。

「ひ――――！」

上手くできれば、智重の下腹を突く自分の丸い欲の先端を指で撫でてくれる。頬に降るキスが優しかった。

「あっ……あ！」

剝がれるガーゼが汗で濡れる。抱かれたときに絡まった包帯が、自分の腕と智重を繫いだ。崩れるように肩に凭れれば、薄い尻の肉を摑まれ、広げられて、なお奥まで割り込まれた。

「愛してる、信乃」

自分を腕に。少し幼い表情で、本当に安心したように囁く智重を見れば、やはりしばらくは死ねないと、蕩ける脳髄の奥で笑おうとしたのに。

「……うああ！　ア！　あ！」

押し倒され、壊れるくらい揺さぶられて。快楽の底に深く突き落とされ、溺れるばかりの信乃には、できなかった。


「…………」

落ち着かない。

身体の下にあるシーツは敷きなおされ、包帯もきちんと巻きなおされた。

無理をするなと言っただろうと、叱られた。誰のせいだと涙目で睨んだが、言葉にはできなかった。

包帯を巻いてくれながら智重は、《犬》だから、仕方なく自分の相手をしているのだと思っていたと言った。それを命令と受け止め、役目の一つだと刷り込まれていると、思っていたとも言った。

当然それを否定した。

《犬》だから、忠誠心は持ちやすいよう、作られているかもしれない。群れて上下の関係を厳しく守る犬の本能の一つかもしれない。けれど、濃密な接触《コミュニケーション》をセックスという手段で叶えたがるかどうかは、自分の自由だと説明した。

一水も多分、説明していたはずだが、智重は覚えていなかった。はじまりは、確かに、思いがけぬ拒否に混乱した自分の売り言葉に買い言葉だったかもしれないが。

性欲処理だろうが、気紛れだろうが、智重がくれる肌の温度は、哀しい、それでも数少ないコミュニケーションの一つだったのだ。

触れられたかったと告げた。気に入ってもらえないのだと、ずっと悲しんでいたと。

長い長い隔たりを解いた。寂しく長い孤独を、肌を合わせ、汗で満たして、キスで埋めた。

抱かれるのは仕事ではなく、智重は、無理強いはしたくないと、思っていたと言った。

だからもう、遠慮はいらないのかと、問われて頷いた。

智重の体力を甘く見ていた。精力と、言うべきか。

自分から快楽を絞り出すのに、智重は努力を惜しまず、そして己の快楽を満たすのにも、手段を選ばなかった。

ありったけの体力を使っても智重についていけず、言葉を失うほど朦朧とし、立てなくなってしまった自分は、本当の犬のように智重にバスタブに放り込まれ、頭からつま先まで文句の一つを言うことも許されず手際よく洗い上げられ、バスローブに包まれて放り出された。

よろよろと、消毒をしている間に智重がバスから上がってきて、溜め息で新しい包帯を巻きなおしてくれた。朦朧と狼狽えるしかないという、間抜けを極める混乱の時間だった。

智重が冷えたハーブティーをくれた。泣かされすぎて掠れた喉に、少しだけ甘いハーブティーが優しい。

それを過ぎれば、優しい夜が、待っていた。

幸せだった。夢のように本当に、幸せだったけれど。

「あの……！　やっぱり落ち着かないんですが……！」

知らず息が浅くなっていて息苦しい、身じろぎもできず身体がガチガチになっていて、このままでは、明日の朝は間違いなく全身筋肉痛だ。

「……」

眠りに落ちかけていた智重が、不機嫌に一重の目を開いた。凶悪だった。

夜勤だった智重を起こすのは気が引けたが、でも、眉根に寄った皺《しわ》を恐れながらでも、とうとう信乃は声を上げたのだった。

「………何が」

酷く掠れた唸り声が問う。

「な、慣れません……！」

智重に抱かれて眠るだなどと、できるはずがないと、信乃は思う。

今までも同じベッドで眠っていたが、智重に触れないように、恋しくて堪らない夜は、智重が眠ったのを用心深く見計らってから、そっと、そのパジャマの裾に手を伸ばすのが精一杯だった。

智重の鼓動が伝わるほどに、肌の匂いを感じるほどに。

腕に抱かれて、脚を絡ませて眠るなど、できるはずがない、と、泣き言を言ったが。

「――……慣れろ」

智重の答えは明快だった。唸ってそう言い捨ててまた目を閉じた。

明日からもそうするつもりらしかった。

「とも……」

「……」

泣き言を重ねかけて、一度閉じた目が、より凶悪に薄く開いて自分を睨むのに、信乃は黙り込んだ。眉根に刻まれた皺の深さは正に恐怖だった。

すでに寝息が聞こえはじめていた。起こしたら、今度こそ殺される。
戸惑う身体を硬くして、智重の腕の中で。
「眠れるはずが……ない……」
涙ぐんで呟く。
智重の肌。温もり。穏やかな呼吸が耳をくすぐる。
愛しくて、幸せで、目頭が痛くなる。目を閉じれば溶けてしまいそうだ。
眠ったら夢が醒めてしまいそうで。
一水に電話をかけて、この幸せを、延々と伝えたいほどに。
智重の鎖骨に、火照る額を当てて、信乃は困惑の溜め息をついた。
こんなに愛されて。
「無理です……」
幸せすぎて、眠れるはずがない。

よし。と、声にはせずに、信乃はテーブルの上に並べたものをみつめて呟く。

閑院の好きなケーキ屋の焼き菓子セットに、生チョコレート、桃原お気に入りの店『ほるもんもん』でも使えるグルメカードの封筒。智重が調達してきてくれたキリマンジャロのコーヒー豆は、自分にも店の名前を教えてくれないほどの極秘の品らしかった。

自分と智重が怪我の間、迷惑をかけた詫びと、見舞いに対するお礼の品だ。

事件に深く関わった自分たちが、早々に戦線から落ち、残った人間は地獄を見たと聞いていた。

あの事件について、ありとあらゆる場所から聴取を受け、一方で捜査に当たり、報告書を書いた。合間にスキャンダルでの出動も二度あったと聞いた。

その間、留守番の黒田《くろだ》女史は何日もひとりぼっちで、各課から嵐のように鳴る電話を一人で受け続けて、二週間目にとうとう寝込んでしまったらしい。

手土産くらいで許されるかどうか。理不尽な非難だが、彼らの気持ちもわからないわけではなかった。智重は何も言わないけれど、一人で出勤している間、何度か胃を押さえていたのを知っている。

今日から本格的に職場復帰だ。次の出動が掛かるまでに、今回の事件の整理と、雑務をこなさなければならない。聴取はほとんど済んでいるはずだが、閑院が代理をしてくれた部分の追認に呼び出されることもあるだろう。

軽く思い浮かべるだけで、忙殺の文字が浮かぶ。けれど、そんな間を縫って、走り込みからはじまる訓練に、できるだけ早く復帰したい。

また、智重とのロードワークの日々がやってくるのかと思うと、俯く唇に堪《こら》えきれない笑いが浮かぶが。

「用意が出来ました。智重」

絆創膏《ばんそうこう》まみれの首筋を一度撫でてから、ベランダに近いところで、空を見ている智重に呼びかけた。

出発までにはまだ時間がある。コーヒーを淹《い》れる時間は十分あると伝えようとしたが、あまりにのんびり智重が空を眺めるから。

何を見ているのかが気になって側に歩み寄ったが、快晴の空には、低く、しっかりした形の雲が茂るばかりで、つられて信乃もそれを眺めた。

もうじき本格的な夏が来る。

ゴールデンウィークは、物騒な事件でめちゃめちゃになってしまったが、夏休みはせめて穏やかに過ごしたい。

簡単にはいかないだろうが、と、自分たちに依頼を降ろすお偉方が身を慎んでくれることを、無駄だと知りつつ心底祈る。そのとき。

「タヒチにでも行くか、信乃」

「え」

急にそんなことを言われて、信乃は目を瞬かせた。

智重は、落ち着いてからになるだろうが、と、言ってから、少し不服そうな目でこっちを見た。

「遠くに行きたいと言ってなかったか」

「……」

尋ねられるそれは。

閑院に問われたときの答えだった。

孤独で、自分の存在が辛いほど寂しい日々の連続で、智重の目に見えない何処かに行ってしまいたいと、今日の自分を想像することもできなかったあの頃、絶望で口にした言葉を、智重は覚えてくれていたのだが。

「――――いいえ」

不審そうな智重に、信乃は、笑って首を振った。

どこにも行きたくはない。

自分の居場所は。そして幸せは。

「智重の側がいいです」

ここにあるのだから。

† † †

「オヤジ連れてこい！　ぶっ殺してやっからよォ！」

という、裏返った奇声と同時に銃声が響く。

「どうせオンナに貢ぐ金だろ!?　小遣い寄越せよ、身代金だよ！　オヤジ呼べよ！」

テメエらじゃ話にならねえんだよォ！　と、自分の身代金を要求するような、ボンクラ息子の相手も取りあえず自分たちの役目だが、タイムリミットは短そうだ。

映画館に立てこもり犯がいると聞いて渋々呼び出されてみれば、最近毎朝、テレビで謝罪している財界要人の息子が拳銃を発砲していた。

泥酔し、オヤジを呼べ、金を寄越せと喚き散らす。息子といってももう、二十代も後半だ。

調べるまでもなく、軽犯罪歴がずらりと出て来た。隠蔽の跡もある。放蕩《ほうとう》らしい。

「こんなの、私たちの仕事じゃないわよ！　一係寄越しなさいよ一係！」

一番上の客席の壁を背中に、閑院が無線に向かって金切り声を上げている。

『し、しかし、上層部から、これは五係《スキャンダル課》の仕事だと！』

　確かに、いかにもそれらしい言葉を並べて、彼の配下での不祥事を、薄い頭頂を見せながら毎日詫びているお偉いさんの息子が、小遣い欲しさに映画館に立てこもり、歌舞伎町辺りで手に入れたジャンクな拳銃を振り回しているとなれば、辛うじてでもなし崩しになりそうな状態まで持ち込んだ、父親の社会的立場も努力も一瞬で水の泡だ。

　人を殺す前に捕まえてくれと、叫んだ聞き慣れた声も確かに哀れだった。

「急げよ、ケイタイ代払うんだよ！　止められちまうよ、どうしてくれんだよ！」

　場所が映画館なだけに、銃声は響いてもいいと言われたが。

「信乃！」

「！」

　上から降ってくる瓶を、信乃は摑んで、誰もいない一階出口側に放り投げ、客席の陰に滑り込んで、頭を抱えた。瞬間。

「ッ！」

　爆音と破裂音が響き、炎が上がる音がする。破裂した硝子《ガラス》の破片が降ってくる。

　どこで習ったか知らないが、破壊力こそ小さいとはいえ、素人作りのお手軽爆弾だ。

　そんなものを、拳銃だけで相手にしろというのは鬼畜の指令の成すところだ。《保護》であるから、当然彼自身には発砲できない。威嚇をすれば張り合うように発砲してくる。持ち弾は、相手のほうが遥かに多かった。

それに突っ込む主も主で、ついて行く自分も自分だが。

「だ、誰ですか！　死ぬななんて、言ったのは！」

確かに命令に応じたのは自分だが、突撃してみようと言い出したのは智重だ。返り討ちにあった挙げ句、お粗末な爆弾から逃げ回るはめになり、ようやくここまで退避できたが。

「俺も死にそうになったんだから、文句を言うな」

と、自分が悪いかのように言い放つ智重に、目眩がした。

一晩掛けて作ったらしいそれなりのチャチな恐怖を詰めたおもちゃ爆弾と、父親の机から奪ってきたという拳銃の弾は尽きる様子を見せない。

智重は軽く息を整えながら、壁越しの背後を窺《うかが》っている。そして。

「俺が囮《おとり》になる。威嚇射撃でおもちゃ爆弾からヤツを離せ。行くぞ」

「ちょ、待ってください！　智重っ！」

呼び止める間もなく、智重が座席の影から、飛び出すから。

「共倒れは遠慮します！」

と、叫びながら肘《ひじ》を客席のしきりに固定し、ライフルの要領で、眼鏡から照星《スコープ》を覗く。

「！」

「ケイタイ止められたらどうしてくれるっつってんだろうがぁ！」

と、錯乱した言葉を喚く犯人の銃弾が智重のスーツを掠るのに、ひやりとする間もなく。

「！」

頭上に投げられたおもちゃ爆弾が、偶然というにも恐ろしい精度で自分の真上に降ってくるのに、拳銃の照準を変え、狙い撃つ。が。

「わ！」

飛び散る破片と爆風から、腕で頭を庇って転げながら顔を上げると、逃げる先に、智重が転がり込んでくるところだ。

「投降しなさい！　お父さんが悲しんでいる！」

と、応用の利かない坂井の、紋切り型の説得がメガホンから響く。

「うるせえんだよ！　チクショウ、エロメール送ってやる！」

と、やはりそこでも嚙み合わないやりとりは、どうにも解決を自分たちに示さない。

智重は、シャツの布を裂き、手首の上を縛っている。

「智重！」

這ってその側まで行くと、掠った、と、忌々しげに呻いているのに、頭のどこかが弾ける音を信乃は聞いた。

「アンタが死んだら、俺は、後を追いますからね……」

言い放って。また壁を障壁にした、容赦のないライフル撃ちを信乃は開始した。

後ろでは、一係をとうとう引きずり出したらしい、金切り声の閑院が文句を言い続けていたが、到着まで、男を外に出さないよう、どうにか足止めをしなければならない。

「ぐ！」

髪を掠る、相手の銃弾に、智重は信乃の襟首を掴み、壁の陰に引き摺り倒してから。

短いキスを重ねて。

「行ってくる」

と言い置いて、陰を飛び出した。それに、はい、と答え、いっぱいに装填した銃で援護すべく構えながら。

「だって俺は、アンタだけの《犬》ですから」

と、呟いて、信乃は引き金を絞った。

■ あとがき

はじめましての方もご贔屓の方も、こんにちは、玄上八絹です。

「しもべと犬」お届けです。お気に召していただけましたでしょうか。

「しもべ」は、刑事─公僕を表わしたことだったので、書きはじめた頃のタイトルは「僕と犬」でした。でも「ぼくといぬ。」と読み間違うと、何だか心温まる、犬とのハートフル系のような気がしたので、ひらがなにしました。

さて、今回は閉じこもりではない主人公です。

信乃は無口です。智重も無口なので、二人だとページが地の文だけになります。

次回があれば、少し喋ります。その場合、また半分閉じこもりの人とドSの人が出て来そうです。他にも数本、ほぼ書き上がった彼らのお話があるので、どうにかしてお目に掛けられるといいなと願っています。

智重のチャームポイントは、眉間の皺です。

ららさんには、お忙しい中素敵な挿絵をいただいて、たいへん嬉しく思っています。付属品の多い人達でご苦労をお掛けしたと思うのですが、凛々しい二人にとても喜んでいます！ 智重の眉間の皺にきゅんとしました。

また、担当をしてくださったO様には、重ねての御礼を申し上げます。的確な資料をたくさんいただき、大変勉強になりました。勿体ない方々にお手伝いをいただき、嬉しく有り難く思っています。


私のお話を書きたいという衝動は、おなかが空いている人が、少しおなかが一杯になる話を書きたいと思うときに起こります。

もう一つは、《こんなに歪《いびつ》だけど、それでも私が好き？》と、繰り返し繰り返し訊くために書いているような気がします。そんな彼らが幸せだと、何故かとても安心する気がするのです。

たまに、デザートのようにただ甘い物が食べたい日もありますが、主にそんな欲求が原動力です。

信乃たちも頑張ったので、次回はデザートで。

きっとあままで。

それでは。
ここまでお付き合いいただきまして、ありがとうございました。
また、お目に掛かれることを、心から祈っています。

八月吉日　玄上八絹

［鯨骨生物群集］http://www.geicotsu.com/

✦初出　しもべと犬…………書き下ろし

玄上八絹先生、竹美家らら先生へのお便り、本作品に関するご意見、ご感想などは
〒151-0051 東京都渋谷区千駄ヶ谷4-9-7
幻冬舎コミックス　ルチル文庫「しもべと犬」係まで。

RB 幻冬舎ルチル文庫

しもべと犬

2008年8月20日　　第1刷発行

✦著者　玄上八絹　げんじょう やきぬ

✦発行人　伊藤嘉彦

✦発行元　株式会社 幻冬舎コミックス
〒151-0051 東京都渋谷区千駄ヶ谷4-9-7
電話 03(5411)6432[編集]

✦発売元　株式会社 幻冬舎
〒151-0051 東京都渋谷区千駄ヶ谷4-9-7
電話 03(5411)6222[営業]
振替 00120-8-767643

✦印刷・製本所　中央精版印刷株式会社

✦検印廃止

ISBN978-4-344-81408-0　C0193　Printed in Japan